あったかけんちん汁

居酒屋ぜんや

坂井希久子

時代小説文庫

角川春樹事務所

目次

居酒屋
ぜんや
地図
寛永寺
不忍池
清水観音堂
林家屋敷
（仲御徒町）
湯島天神
神田川
神田明神
おえん宅
酒肴ぜんや
（神田花房町）
浅草御門
昌平橋
筋違橋
お勝宅
（横大工町）
田安御門
菱屋
太物屋
（大伝馬町）
俵屋
売薬商
（本石町）
三河屋
味噌屋（駿河町）
江戸城
日本橋
京橋
升川屋
酒問屋（新川）
虎之御門

あったかけんちん汁

居酒屋ぜんや

〈主な登場人物紹介〉

林只次郎《はやしただじろう》……小十人番士の旗本の次男坊。鶯が美声を放つよう飼育するのが得意で、その謝礼で一家を養っている。

お妙《たえ》……神田花房町にある、亡き良人《おっと》・善助が残した居酒屋「ぜんや」を切り盛りする別嬪女将。

お勝《かつ》……お妙の義姉。「ぜんや」を手伝う。十歳で両親を亡くしたお妙を預かった。

おえん……「ぜんや」の裏長屋に住むおかみ連中の一人。左官の女房。

お葉《よう》……只次郎の兄・重正の妻。お栄と乙松の二人の子がいる。

柳井《やない》……お葉の父。北町奉行所の吟味方与力。

草間重蔵《くさまじゅうぞう》……「ぜんや」の用心棒として、裏店に住む浪人。

近江屋《おうみや》……深川木場の材木問屋。善助の死に関わっていた疑いがある。

「ぜんや」の馴染み客

菱屋《ひしや》のご隠居……大伝馬町にある太物屋の隠居。只次郎の一番のお得意様で良き話し相手。

升川屋喜兵衛《ますかわやきへえ》……新川沿いに蔵を構える酒問屋の主人。妻・お志乃は灘の造り酒屋の娘。

俵屋《たわらや》の主人……本石町にある売薬商の主人。

三河屋《みかわや》の主人……駿河町にある味噌問屋の主人。

口切り

一

大八車《だいはちぐるま》の車輪のきしむ音が、後ろから追いかけてくる。

振り返ると車を引く先頭の男の、優に三倍の高さはある荷を積んでおり、それをさらに後ろから、二人の男が押している。荒縄で縛ってはいるものの、よくぞ荷が崩れないものだ。感心していると、横から義姉《あね》のお勝《かつ》に袖《そで》を引かれた。

「なにやってんだい、危ないよ」

荷を積み上げた大八車は小回りが利かぬ。道を開けてやると会釈して通り過ぎ、二軒先の店の前で止まった。荷の中身は木綿であろう。

日本橋大伝馬町《おおでんまちょう》一丁目、木綿を扱う問屋が軒を連ねているこの界隈《かいわい》は、木綿店《だな》と呼ばれている。特に本通りは日光《にっこう》街道、奥州《おうしゅう》街道筋であり、人も物も出入りが激しい。建ち並ぶのはいずれも名の知れた大店で、そのうち半分以上がやり手の伊勢《いせ》商人の店である。

その並びにあってひときわ間口が広く、暖簾《のれん》に菱《ひし》模様を染め抜いてあるのこそ、我

らが菱屋《ひしや》。この場所に移ったのはご隠居の代になってからだそうで、越後《えちご》の産という
あの老人の、手腕のほどが窺《うかが》える。
寛政《かんせい》四年（一七九二）神無月《かんなづき》一日。朝五つ（午前八時）とて店はまだ開いたばかり。
眠そうな目で表を掃《は》いていた小僧に「すみません」と声をかける。
「本日の炉開《ろびら》きの料理を頼まれております、『ぜんや』の者ですが」
すると小僧はあんぐりと口を開き、手にした箒《ほうき》を取り落とした。歳《とし》のころ十二か三。
頰《ほお》の丸みがまだあどけない。
「あの？」
どうしたのかと腰をかがめて覗《のぞ》き込むと、小僧は顔を赤らめしどろもどろになった。
「し、失礼しました。ししし、しばしお待ちを」
倒れた箒はそのままに、店の中に人を呼びに行く。
空っ風が通りを吹き抜けて、せっかく掃き集めた塵芥《じんかい》を散らしてしまった。お重の
入った風呂敷《ふろしき》包みを胸に抱えているお妙《たえ》は、とっさに着物の裾《すそ》が押さえられず、白い
脛《すね》が露《あら》わになる。
店内からこちらを気にしていた手代が、巻き直していた片貝木綿《かたがい》の反物を床に落と
す。「なにやってやがんだ、馬鹿《ばか》野郎！」という、番頭の怒声が響き渡った。

「いやいや、あいすみません。うちの奉公人にお妙さんは、ちょいとばかり目の毒でしたか」

菱屋の隠居所である離れに通されて、ひとまず出された煎茶《せんちゃ》を啜《すす》る。もはや冬だというのにご隠居は、扇でしきりに脂の乗った首元を扇《あお》いでいる。

「あら私、そんなに見苦しいですか？」

お妙は目を丸くして、己の胸元を見下ろした。裏方とはいえ大店を訪《おとな》うのだから、いつもよりいい着物を着たつもりだったのだが。日頃《ひごろ》から上等なものに触れている菱屋の奉公人の目には、みすぼらしく映ったのだろうか。

「いえいえ、違いますよ。お妙さんが美しいからです。なにせうちには女中というものがおりませんし」

菱屋では小僧や手代はもちろん、煮炊きや掃除といった下働きまで、すべて男子が行っている。しかも皆、国元の越後から雇っているそうだ。この家にいる女人といえば現当主の奥様と、齢《よわい》九つの娘のみ。しかもその二人はほとんど奥に引っ込んでいる。

「ひとつ屋根の下に若い女がいたら気が散るってんで、先々代からのやりかたです。だからアタシも若いころは女性を見ると嬉《うれ》しくってねぇ。日頃見慣れていないと不思議なもんで、五十を超えた大年増《おおどしま》さえ可愛《かわい》く見えちまうんですよ」

ご隠居も元は菱屋の奉公人、先々代に見込まれて婿に入った経緯《いきさつ》がある。それゆえに、小僧や手代の意を汲《く》むのもうまい。

「なるほど、そういうことですか」

お妙は納得して頷《うなず》いた。己ももはや、三十路《みそじ》近い中年増である。

「違いますよ。況《いわ》んやお妙さんをや、です」

ご隠居は、漢文調の言い回しでお妙を持ち上げてくる。

「それじゃ、アタシもモテちまうかねぇ」

「ええ、お勝さんに惚《ほ》れる奴《やつ》はなかなか見込みがありますよ」

まったく口の上手《うま》い御仁だ。これが若侍の林只次郎《はやしただじろう》なら、今ごろ失言の一つもして痛い目に遭《あ》っていよう。もっともあれも、わざとやっているように近ごろは思えるのだが。

今日のご隠居は小袖《こそで》に十徳《じっとく》を羽織り、頭巾《ずきん》まで被《かぶ》ってますます隠居らしい風体である。お妙とお勝が煎茶を飲み終わるのを待ってから、手にした扇をぴしりと閉じた。

「ではさっそくですが、料理に取りかかっていただけますか。お客様たちは、昼四つ(午前十時)ごろにはお越しになりますので」

そのあたりのことは、前もって打ち合わせてある。どういった料理を作るのかも、ご隠居と何度も相談をして決めた。下拵《したごしら》えは店で済ましてきたので、来客には充分間に合うだろう。

「アタシはまだ部屋の設《しつら》えがありますんで、失礼しますよ。あとで様子を見に行きますね」

足腰の強いご隠居は、よろけもせずに立ち上がる。扇が手放せないのは朝から動き回っているためだろう。普段は人を使う身だが、こういうときは手ずから準備をするから楽しいのだと見える。

「下働きの者を手伝いにつけますから、台所のことはこちらに聞いてください」

そう言いつつ、廊下へと続く襖《ふすま》を開ける。そこに控えていた初老の男が、「磯一《いそいち》と申します。よろしくお願いします」と頭を下げた。

隠居所といっても、そこは天下の太物《ふともの》問屋の菱屋である。二間続きの離れ屋には数寄屋《すきや》造りの茶室がついており、ひととおりのものが作れるよう、こぢんまりとした台所が設けられている。母屋の台所はおそらく新川《しんかわ》の升川屋《ますかわや》に劣らぬ広さだろうが、茶会に出す懐石くらいなら、こちらの台所で充分である。

十月一日は、茶人の正月とも言われる炉開き。夏と秋の間に使っていた風炉《ふろ》を仕舞い、炉を使いはじめる日である。また今日は新茶の壺《つぼ》の封をはじめて開ける、口切りも行われることになっている。

好事家《こうずか》としてあたりまえのように茶の湯も嗜《たしな》むご隠居から、炉開きの茶事の懐石料理を作ってほしいと頼まれた。茶懐石などは茶の湯に通じた料理人が請け負うべきで、しがない居酒屋の女将《おかみ》の仕事ではない。普通ならば断るところ、客は馴染《なじ》みの旦那衆《だんな》だというので気が楽になった。

「炉開きだの口切りだのと言っても、あらたまった会にするつもりはないんです。ただ皆で新茶を楽しもうという、それだけのことですよ」

良人《おっと》であった善助《ぜんすけ》の死が、殺しだったのではないかという疑いを抱いてから数日後のことだった。ご隠居、お勝、只次郎の他に、薬種《やくしゅ》問屋の俵屋《たわらや》、味噌《みそ》問屋の三河屋《みかわや》、白粉《おしろい》問屋の三文字屋《みもじや》にも事情を話し、裏では少しずつ調べが進められていた。

そんな折にご隠居は散歩でもしますかとお妙を外に連れ出して、「こういうときだからこそ、日々を丁寧に生きてゆかねばなりません」と説いた。

気が急《せ》いてはしくじりの元。季節の移ろいとその風情《ふぜい》に目を向ければ気持ちに余裕が生まれ、敵方にもこちらの動きが悟られづらい。

「近江屋《おうみや》さんは狸《たぬき》ですからね。そんなに隈《くま》をこしらえてちゃ、すぐにばれちまいますよ」

ろくに眠れていなかったことを指摘され、お妙は慌てて目の下を押さえた。店を閉めて一人になると、どうしても善助の死の謎《なぞ》ばかりを考えてしまう。

土左衛門《どざえもん》になった善助が吐き出したメダカは、本当に近江屋が飼っている「薄桃」という珍しい種類だったのか。善助も近江屋も、かつては「河野屋《こうのや》」という炭薪《たんしん》問屋に奉公していたという。そこでなにか遺恨でもあったのか。だとしてもなぜ、殺すまでしなければいけなかったのか。

考えたところで答えの出ない疑問が頭の中を回り続け、眠れない夜が続いていた。近江屋がご隠居や只次郎ほど頻繁に店に来る客だったら、とっくに様子がおかしいと勘づかれていたことだろう。

「ちょっと呑気《のんき》すぎるくらいでちょうどいい。侮れない相手ですからね」

これには返す言葉もない。そんな気分ではないと断るのは思い留《とど》まり、炉開きの懐石料理を引き受けることにした。

実際にやってみると、裏千家《うらせんけ》だというご隠居と茶の湯の作法を学び直したり、ああでもないこうでもないと献立に頭を悩ませたり、善助のことばかり考えてもいられなくなった。

「よし、少しは顔色がよくなりましたね。ところで炉開きと口切りはやはり祝い事なので、海老《えび》と鯛《たい》は入れてほしいんですが」

ご隠居はお妙の健やかさを喜びつつも、献立に注文を入れてくる。せっかく考えた流れが覆されることもあり、お妙の負けず嫌いに火がつくのもしばしばだった。

お陰でどうにか、体を壊すこともなく今日までやってこられた。只次郎がやれ十三夜だの、芝神明《しばしんめい》のだらだら祭りだのと騒いでくれたのもありがたい。

自分は人に助けられて生きているのだと、あらためて思う。善助が遺《のこ》してくれた『ぜんや』の繋《つな》いだ縁は亡き父の記憶にまで繋がって、こんなときにさえお妙の支えとなっている。

だからこそ、茶事の懐石には心を込めよう。温かいものは温かく、客を急《せ》かさぬ頃合いで出してゆく。亭主であるご隠居と、息を合わせるのが肝要だ。

さぁ、忙しくなるわよ！

本日の舞台となる台所に案内されて、お妙はキュッと襷《たすき》を締めた。

二

ご隠居が食にうるさいだけあって、菱屋の台所を取り仕切っている磯一はかなりの目利きのようだ。用意してほしいと頼んでおいた芝海老に車海老、金時人参《きんときにんじん》や柿《かき》に至るまで、よく吟味されていた。

「どちらかの料理屋で修業をなさっていたんですか？」と尋ねてみれば、「いいえ、手前は十五の歳から菱屋に奉公しております」とにこにこしている。

「ご隠居様と、前の台所頭だった人から指南を受けたまでのこと」

料理屋の厳しい修業に耐えてきた料理人というのは、頑固で融通の利かないところがあり、女が家以外で包丁を握るのをよしとしない者も多い。

菱屋の台所に育てられたという磯一にそういった面倒な自負はなく、お妙に対しても物腰が柔らかだ。料理に関してはあらかじめ渡しておいた献立の絵図に従って動いてくれ、指示が少なく済んで楽だった。

「やっぱりいいねぇ、男手があるってのは。力の強さが違うから、アタシがやる半分の早さで練り胡麻《ごま》ができちまったよ」

他に二十歳《はたち》前後の台所衆を二人つけてくれたので、仕事がすんなりと進んでゆく。だが表で客と接する小僧や手代よりさらに、下働きの若者たちは女に慣れていない様子。お勝に声をかけられて、本当にはにかんでいるではないか。

「よかったなぁ、美人が二人も来てくれて。今のうちにしっかり目に焼きつけとくんですよ」と、からかう磯一も楽しげだ。

三十も半ばを過ぎれば妻帯して外からの通いになるそうだが、そこまで勤め上げる者は珍しい。使えぬ者、音を上げた者、虚弱な者は国元へと帰されてゆく。表裏合わせて奉公人が男ばかり百人以上もひしめいていては、息苦しさを覚える者も多かろう。

磯一のような偉ぶらない者が取りまとめているなら台所は働きやすそうだが、それでも奉公人として生きるのは並大抵のことではないのだ。

「どうです、料理の進み具合は」

そこへご隠居がひょいと顔を覗かせた。露地や玄関に打ち水をしてから来たのか、手を拭《ぬぐ》いながらである。露地とは茶室に付属する庭のことをいう。

若い二人が手を止めて頭を下げようとするのを、「いいから続けなさい」とご隠居が制する。磯一がやや腰を低くして、「滞《とどこお》りなく進んでおります」と返した。

「ふむ、出汁《だし》のいい香りが露地まで漂っていましたよ」

本日は出汁だけでも昆布《こんぶ》出汁、鰹《かつお》出汁、合わせ出汁と使い分ける。ご隠居はそれぞれの鍋《なべ》を覗き込み、汁物の仕上げがまだなのを見て顔を上げた。

「今日は十月にしてはちと冷えますから、汁はとろみの出る白味噌《しろみそ》に変えていただけますか」

茶懐石の基本は一汁三菜。汁物は味噌汁とされており、上方は白味噌、江戸は合わせ味噌である。だが夏は赤味噌、冬は白味噌と暑さ寒さで分けることもあり、そちらを採用することにしたようだ。それもまた、もてなしの心である。

汁物の実は、白味噌、合わせ味噌、どちらにも合うようはじめから考えてある。お妙は「かしこまりました」と請け負った。

「お勝さん、手隙《てすき》ならすみませんが、気の早い俵屋さんがもう来てしまったので、寄付《よりつき》に白湯《さゆ》を出してやっちゃくれませんか」

「あいよ。若い二人の手際がいいもんで、手持ち無沙汰《ぶさた》で困ってたところさ」

「それはどうも。鰡八《ぼらはち》と蟹助《かにすけ》は、いつも真面目《まじめ》に励んでおりますので」

だからこそ、炉開きの茶事の要となる台所に回されたのだろう。己の家の奉公人を卑下《ひげ》しないところがお妙には好もしく思え、二人の若者もお勝に話しかけられたときの比ではないほど頬を染めている。

「では寄付に皆が集まったら、お妙さんもちと顔を出してくださいね」

ご隠居は忙しそうだ。手を拭《ふ》いた手拭いで首元の汗を押さえ、草履《ぞうり》の引きずる音を立てて台所を出てゆく。

「嬉しいですよねぇ。ご隠居様ときたら奉公人の顔と名は、新入りの台所衆に至るまですべて覚えておいでですから」

柿の皮を剝《む》きながら、磯一が伏し目がちに微笑《ほほえ》む。そんな主人から台所を任されているということが、至上の喜びだとでもいうように。

お妙は合わせ出汁に味噌を漉《こ》し入れながら尋ねる。

「台所衆のみなさんは、海の幸の名がついていますか？」

「ええ、山の幸の者もおりますよ。今は私が名付けていますが、元はご隠居様の遊び心から始まったとか」

商家に上がった者は皆、元の名ではなく奉公人として与えられた名で呼ばれる。

実家で包丁を握ったことのない若者でも、日頃から鯛だの鱚《きす》だの鯵《あじ》だの、栗《くり》だの猪《いのしし》だの鴨《かも》だのと呼ばれているうちに、その食材に自然と興味が出てくるそうで、決して遊び心だけでもない。お陰で鰡八は鰡、蟹助は蟹を扱うのが特にうまくなったという。

「私は少し出世しましたんで『磯』になりましたが、はじめのころは『蛸二《たこいち》』でしたよ」

言われてみれば磯一の顔は、唇がやや尖《とが》っており、蛸に似ている。失礼かと思ったが、お妙は堪《こら》えきれず「まぁ」と声を上げて笑ってしまった。


料理もあとは仕上げを待つのみとなった。寄付に客が揃《そろ》ったというので、襷と前掛けを外し、顔を出すことにする。寄付とは茶の湯では待ち合いのための部屋を言い、今日は離れの玄関から入ってすぐの一室をそれに充ててある。

襖を開けて一礼すると、煙草盆《たばこぼん》を囲み、落ち着いた風貌《ふうぼう》の俵屋、赤ら顔の三河屋、色白の三文字屋が、寛《くつろ》いだ様子で座っていた。旗本の次男坊只次郎だけが、やけに畏《かしこ》まって背筋を伸ばしている。

「ああ、お妙さん」

こちらを見て救われたとでもいうように、ほっと息を吐き出した。その様子に三河屋が苦笑いを浮かべる。

「どうも茶席がはじめてのようで」

大名や大身《たいしん》旗本ならいざ知らず、百俵十人扶持《ぶち》の林家に茶の湯を楽しむほどの余裕はなかったのだろう。慣れぬ席で、ずいぶん気が張っているようだ。

ですよ」

「僭越《せんえつ》ながら正客《しょうきゃく》は私が務めますから、林様は次客で私の真似《まね》をしていれば大丈夫ですよ」

この中ではもっとも年長の俵屋が宥《なだ》めても、只次郎の頬はまだ硬いまま。身分で言えば武家である只次郎が上席の正客となるはずだが、正客には亭主との問答や決められた作法があり、造詣《ぞうけい》の深い者でなければ務まらない。

只次郎は恐縮したように頭を振った。

「いえ、私なんぞは末席で充分です」

「お詰め（末席）はお詰めで、拝見《はいけん》した茶碗《ちゃわん》の取り次ぎなどがございますよ。そちらは私がやりましょう」

「ならば林様には、三客に座ってもらっちゃどうだろう。正客と次客は動きが違うこともあるから、三客なら間違いがなかろうよ」

三文字屋と三河屋も、初心者の只次郎を庇《かば》い合う。「はぁ、では三客で」と、只次郎は流されるままである。

「少しくらい間違えても平気ですよ。ご隠居さんは皆さんをおもてなししたいだけなんですから」

見ていると気の毒で、お妙も差し出口を挟んでしまった。亭主のもてなしをしたいという心がまず先にあり、その細やかさに客は感謝を示す。お互いの思いやる気持ちこそが心地よい一席を作るのである。

「ご隠居から伺いましたよ。お妙さんは茶の湯にまで明るいと」

「いいえ、たいしたものではありません。子供のころに少し齧《かじ》った程度で」

知ったようなことを言ったせいで、矛先がこちらに向いてしまった。謙遜《けんそん》ではなく文字通り齧っただけなのだが、只次郎は「さすがはお妙さん」と妙な感心のしかたをしている。

「上方では、女の子が茶の湯を習うのはなにも珍しいことではありませんから。ほんの手習いですよ」

戦国の世に大名の間で流行して以来、茶の湯は男のものだった。時代が下るごとにそれがじわじわと庶民にまで広まってゆき、女子のたしなみとして教えるお師匠さんも増えたものだ。

かつて堺《さかい》に住んでいたころ、近所の友達が始めたのが羨《うらや》ましく、お妙も父に頼んで通わせてもらった。だが、一年ほどしか続かなかった。

「秀《ひで》さんがあんなことにならなけりゃ、習い事も続けられたでしょうに」

十のときに他界した父を引き合いに出し、俵屋が同情を示す。だがお妙が茶の湯をやめたのは、それが理由ではなかった。

世に『刀自袂《とじのたもと》』なる書物がある。大口樵翁《おおぐちしょうおう》という元禄《げんろく》生まれの茶人が著したもので、女人にも茶の湯を勧《すす》める、当時としてはかなり進んだ考えが記されている。

だが男の茶の湯とは違い、女の茶は「控えめ」で「目立たぬ」ようにするのがよしとされ、お師匠さんはそんな大昔の書物を手本に、女の子には慎ましい振る舞いを求めた。幼いお妙には、それが気に食わなかったのだ。

客は皆、躙口《にじりぐち》から身を屈《かが》めて茶室に入る。武士も商人も同じように頭を下げて入るのだから、茶室の中に身分差はなく、平等に振る舞われるはずだった。なのになぜ、男と女では差を設けるのか。そんなものは茶の湯の真髄《しんずい》ではないと思った。

お師匠さんは、間違っている。幼いお妙はそう指摘し、その理由も述べた。だが自らも女であったお師匠さんは、「なんと賢《さか》しらな！」と身震いするほど怒りだし、稽古《けいこ》もつけずに「帰りなさい！」と命じた。

家に帰ると父は長旅に出ていて留守だった。繕《つくろ》い物をしていた母に「こういうことがありました」と訴えると、少し困った顔で「妙がもっとも学ばねばならないのは、その『控えめ』ということかもしれませんね」と諭《さと》された。納得がいかなかった。

外国《とつくに》では女帝が治める国もあると、父から伝え聞いていた。お妙はべつに男の上に立ちたいわけではない。ただ同じように茶の湯を楽しみたかっただけだ。

それすらも許されぬのなら、茶の湯に学ぶことなどなにもない。そう思い決めてしまった。

他の弟子もいる前で、十にも満たぬ幼子に恥をかかされたお師匠さんの気持ちは、今なら分かる。たしかにあれは、稚気《ちき》溢《あふ》れる傲慢《ごうまん》だった。腹でなにを考えていても、言葉に出して辱《はずかし》める必要はない。相手にも心というものがある。そこを思いやれないお妙こそが、茶の湯の真髄から外れていたのだ。

「すみません、めでたい炉開きの日にしんみりしたことを言ってしまいました」

お妙が黙り込んでしまったので、俵屋が思い違いをして詫《わ》びてきた。

「いいえ、違うんです。少し考えごとをしていただけで」

また人に気を遣わせてしまった。他者を慮《おもんぱか》る、言葉にすればあたりまえの礼義だが、それのなんと難しいことだろう。

茶の湯を齧ったなんて、とても言えたものじゃないわ。

今さら恥ずかしくなって、お妙は面《おもて》を軽く伏せた。できれば皆の記憶からも消したいが、一度口から出た言葉は取り消せぬ。

お妙が人知れず羞恥《しゅうち》に震えているうちに、背後の襖が開いた。顔を覗かせたのはお勝である。

「ご隠居さんが、そろそろ腰掛《こしかけ》待合に移ってくださいってさ」

露地に面して設けられた、屋根つきの休息所のことである。客は亭主が中門を開けて迎付《むかえつけ》に出てくるまでそこで待ち、それから内露地、蹲《つくばい》を使って茶室へと案内される。

先ほど少し見せてもらったが、外露地は霰《あられ》こぼしの石畳、内露地の飛び石もしっとりと水に濡《ぬ》れ、地を覆う苔《こけ》は青く輝くようだった。蹲とその周りには、貼《は》りつくもみじ葉が二、三枚。美しく色づいたものだけでなく、病葉《わくらば》も混じっているあたりが侘《わ》びである。

茶室は六畳、床《とこ》には「喫茶去《きつさこ》」と書かれた軸が掛かる。その足元には本日の主役である新茶を詰めた茶壺が、紅の組紐《くみひも》で亀甲《きっこう》に編んだ袋をかけて飾られている。曲がりくねった南天の床柱は、ご隠居自慢の逸品だ。難を転ずるという語呂《ごろ》から、縁起のいいものとされている。天井は低く薄暗いが、やけに落ち着く室内であった。

「では私は料理の仕上げにかかります。皆さん、楽しんできてください」

お勝と共に、玄関先まで客を送り出す。客は露地口で静寂を壊さぬ露地《ろじ》草履《ぞうり》に履き替えるので、遠ざかる足音も、途中からは聞こえなくなった。

三

客が茶室に通ったからといって、ただちに飯というわけではない。入ってすぐ、掛け物や釜《かま》、点前座《てまえざ》を拝見するまではいつものこと。本日は口切りなので、それから茶壺の拝見が始まる。

正客の俵屋に拝見を請《こ》われると、亭主であるご隠居は床に飾った茶壺を取ってきて、茶の種類が書かれた「御茶入日記」を正客に渡す。茶壺には詰め茶（薄茶）と袋入りの濃茶《こいちゃ》が数種あり、茶壺の封を切って、正客所望の茶を取り出すのである。それからもう一度封をして綴《と》じ目に印を押し、壺を拝見に出す。客がひと通り拝見を終えても、まだ飯とはならない。

次は初炭《しょずみ》手前。後座《ござ》の濃茶を点《た》てるころにちょうどよい湯相《ゆあい》になるよう、炭を注《つ》ぐ作法である。

炉にかけた釜をいったん外し、炉縁《ろぶち》を羽箒《はぼうき》で掃いてから炭を注ぎ足せば、茶室はしだいに暖まってくる。最後に炭の上に香を置き、その芳香で室内を清める。体が温まり、よい香りに癒《いや》されて、客はますます寛いだ気持ちになれるというわけだ。

茶事の流れは頭に入っている。亭主が出入りする茶道口《さどうぐち》に接して水屋、それから台所と並んでいるので、ご隠居が水屋に下がってくる気配を読めば、茶壺拝見の始まりや終わり、初炭手前の入りを知ることができた。

その上磯一が水屋に控え、ご隠居の支度を手伝いながら「そろそろ飯を」と合図を送ってくれる。お陰で混乱することもなく準備が整えられた。

「粗飯を差し上げます」という、ご隠居の挨拶《あいさつ》が聞こえたらいよいよ懐石である。濃茶を供する前に、ちょっとした料理で腹具合を整えてもらうのだ。白飯、汁、向付《むこうづけ》、煮物椀、焼き物の、一汁三菜を旨とする。

お妙は飯を炊いていた土鍋を火から下ろした。頃合いはちょうどいい。飯は光るような粒を並べて炊き上がっている。

まずはお膳出《ぜんだ》し。脚のついていない折敷《おしき》の、左手前に飯、右手前に汁、奥には向付。利休箸《りきゅうばし》を添えて出す。

このときの飯は蒸らす前の柔らかいのを、ほんの二、三口、横一文字に盛りつける。あえて蒸らさないのはお越しを待ちかねていましたと、もてなす心を表しているのだという。蒸らす前の飯というのも、米本来の甘みが感じられて旨《うま》いものだ。

汁はご隠居の言いつけどおり白味噌仕立て。具は黒胡麻豆腐の茶巾《ちゃきん》絞りに茹《ゆ》で小豆《あずき》、溶き芥子《がらし》を添えてある。黒胡麻豆腐は胡麻を練るのも、葛粉《くずこ》と合わせて火にかけとろみが出たのを練り続けるのも、若い鑐八が役立ってくれた。どちらも腕がだるくなる力仕事である。

向付は鰤《かます》の昆布《こぶ》締め。紅葉《もみじ》の形に飾り切りした金時人参と、生海苔《のり》の三杯酢《さんばいず》を添える。水っぽい大和鰤とは違い、歯応《はごた》えがよくほんのりとした甘みのある赤鰤を使った。その身が昆布でこなれ、いっそう味わい深くなっている。

お妙が盛りつけた膳を、磯一が受け取って、さらにご隠居へと回してゆく。ご隠居は一人一人の膝前《ひざまえ》へ、恭《うやうや》しくお膳を運んでは戻る。いちいち立ったり座ったり、ご隠居ほど恰幅《かっぷく》がよければ足腰に負担もあるだろうに、こめかみに汗を浮かべつつも楽しげである。

「どうぞお取り上げを」と料理を勧める挨拶をして、ご隠居が水屋、そして台所へと下がってきた。この後に出す、銚子《ちょうし》と盃《さかずき》を取りにきたのだ。酒の用意はお勝が整えてある。

「いけません、お膳を運んでいたら腹が減ってきましたよ。なにを出すかは知っているのに、目で見ると実に旨そうで」

わざわざ草履を履いて台所に下りてきたのは、それを伝えたかったためらしい。声を潜《ひそ》め、お妙に向かって悪戯《いたずら》っぽく笑ってみせた。

「美味《おい》しそうならよかったです。いつもと違ってお客さんが召し上がっているところを見られないので、少し不安だったのですが」

水屋へと続く引き戸が開いたままなので、お妙もできるかぎりひそひそと話す。湯の沸く音すら聞こえてきそうな静寂を、邪魔するのは不粋である。

「うまっ！」

ところがだし抜けに、茶室から感嘆の声が上がった。只次郎だ。旨いものを口にして、思わず洩《も》れてしまったのだろう。

「そりゃ違うぜ林様。向付は酒が出てから箸をつけるんですよ」

こちらは三河屋。地声が大きいのでよく響く。

「えっ、そうなんですか。ひと切れ減ってしまいました」

「食べてしまったものはしょうがない。気にしなくていいですよ」

「ご隠居も、細かいことは言いませんて」

俵屋と三文字屋の囁《ささや》き声も聞こえてきて、ご隠居は笑いを堪えきれず肩を揺らした。

「まったく、しょうがないですねあの人は」

こういった、あらたまった席にも人が出る。次客の三河屋の所作《しょさ》をそっくり真似ていればしくじりはなかったろうに、只次郎は我慢できず向付に箸を伸ばしてしまったのだ。食いしん坊で気取らない、そんな人柄が茶席に笑顔を添えている。

汁物は、最後に音を立てて吸いきるのが作法である。その音を聞き、ご隠居が銚子と盃台に重ねた盃を手に取った。

ご隠居を送り出し、お妙は土鍋の蓋《ふた》を開けてみる。炊き上がりはまだ水っぽかった米が、ふっくらと蒸らし上がっていた。

一献《いっこん》が済んだら、ご飯と汁のお代わりとなる。一人につき三口ずつと考えて、まだ盛んに湯気を上げている飯を、お妙は手早く飯器に注いだ。


一汁三菜のうち、煮物椀は湯葉の擂《す》り流しに海老糝薯《しんじょ》、茹《ゆ》でた菊菜《きくな》を添えておく。糝薯は芝海老の擂り身にぶつ切りにした車海老を混ぜ、ふわりとした食感の中にも歯応えを残した。生湯葉を擂り鉢であたり、鰹出汁で延ばした汁を椀に張ってある。海老の甘さと湯葉の滑らかな口あたり、菊菜の青みがきゅっと味を引き締める。

焼き物は真鯛の幽庵《ゆうあん》焼き。醬油《しょうゆ》、味醂《みりん》、酒に柚子《ゆず》の輪切りを入れた漬け汁で、下味《したあじ》をつけてから焼いたもの。それに柚子の皮の千切りを散らした。こちらは個別の器ではなく、人数分を一つの器に盛って取り分けてもらう。

真鯛を盛った織部《おりべ》の器に青竹の箸を水で濡らし、軽く拭ったのを添える。それをご隠居に手渡して、すかさず三度目の飯を飯器に、今度はたっぷりと盛っておく。

一汁三菜はひとまずこれで終わり。だが今日は強肴《しいざかな》の用意がある。預け鉢とも言い、基本の献立の他に出す肴である。

こちらは細く切った柿と長芋を、鰹出汁で延ばした白練《しろね》り胡麻でとろりと和《あ》えた。シャキシャキとした長芋、柿の甘み、胡麻の風味が嚙《か》むごとに口の中で合わさって、地味な料理ではあるが、意外に酒との相性もいい。

「勝手元《かってもと》で相伴《しょうばん》いたしますから、ごゆっくりと」

焼き物、飯器、銚子、強肴を正客に預け、ご隠居が襖を閉めて下がってきた。しばらくは客のほうで肴を取り回し、ゆったりと盃を傾けてもらうのだ。

「やれやれ」と懐の手拭いを取り出して、ご隠居は顔の汗を押さえつつ、水屋と台所の段差に腰掛けた。

「これはなかなか、膝にきますね。去年の口切りはそうでもなかったんですが。この調子じゃ、いつまで亭主を務められることやら」

大島の長着《ながぎ》越しに右の膝を撫《な》で、独り言のように小さく呟《つぶや》く。いつまでも元気な人だと目されているが、当人にしか分からぬ不調もあるのだろう。

「この歳になると一席一席が実に貴重で、一期《いちご》一会《いちえ》のなんたるかをようやく摑《つか》みかけてる気がするんですが。体のほうがついてこなくなっちまうんですね」

少し離れたところにいる、鰡八や蟹助には聞こえぬ声だ。まだ体の衰えを感じたことのないお妙にはどう答えればいいのか分からないが、お勝が片頰に笑みを刻んだ。

「いいんじゃないかい。人が一生のうちに摑めるものはほんのわずかさ。たいていのものは、摑めないまま死んじまうんだよ」

悲観しているふうでもなく、からりとそう言ってのける。考えてみればご隠居は、すでにかなりのものを摑んでいる。

「どんなに欲張ったって、腕は二本しかないんだ。あとはなにをどう手放すかさ」

「手放す？　そうですか、なるほど」

ご隠居よりも、お勝のほうがいくつか歳は下である。だがその言葉が胸に響いたらしく、ご隠居は小刻みに頷いた。

「あの、ともあれ軽く召し上がっておいたほうが。このあと献酬《けんしゅう》がありますし」

お妙は客に出したのと同じものを、少しずつ折敷に盛って差し出した。献酬とは亭主と客の、酒盃のやり取りである。なにかお腹《なか》に入れておかないと、酒が回りやすくなってしまう。

「ああ、これはどうも。いやぁ、旨そうです」

小声なのでいつもよりご隠居の顔が近い。ぷるんとした海老糝薯に箸を入れ、頬張ったとたん目尻《めじり》にきゅっと皺《しわ》が寄った。湯葉の揺り流しも口に含み、目を閉じて堪能《たんのう》してから、ふふふとくすぐったそうに笑いだす。

「どうしました？」

「いえね、今ごろ林様は、『うまい！』と叫びたいのを堪えているのだろうと思いましてね」

そういえば茶室は時折酒を注ぎ合う声がするだけで、静かである。あの旨いものに目がない若侍が、ひと口ごとに声を呑んで苦しんでいる様を頭に思い描き、お妙もまた口元を押さえた。

四

客が肴を食べ終わる頃合いを見計《みはか》らい、次に出すのは箸洗い。一汁三菜を使った箸と、口の中を洗い清めるための吸い物である。

これは薄い塩味の昆布出汁で、具は季節のものを少し浮かせる程度。今日は松の実を散らしている。薬膳《やくぜん》によく使われる松の実には、体を温める働きがあるという。

そして献酬の際に供される肴が八寸。八寸（約二四センチ）四方の杉の器に、海の物、山の物を対角に盛る。

海の物は干しぐじ。ぐじとは甘鯛のことである。水気の多い甘鯛は、干したほうが身が引き締まり、旨みが増す。

山の物は焼き無花果《いちじく》。皮をつけたまま半分に切って七厘で炙《あぶ》り、味醂で溶いた白味噌をとろりとかける。皮ごと食べると甘みの中にほろ苦さが広がって、舌を楽しませてくれる。

最後は湯桶《ゆとう》と香の物。飯を炊いたときのお焦げを湯の子といい、それに湯を注いで薄く塩味をつけたものが湯桶である。香の物は沢庵《たくあん》と蕪《かぶ》の麴漬《こうじづけ》とした。

まだこれから菓子が出るが、茶懐石は仕舞いとなる。お妙は肩の荷が下りたとばかりに息を吐き、磯一に差し出された手拭いを受け取った。

「よいお手並みでした。手前どもも学《まな》ばせていただきました」

菱屋の台所を支えてきた矜持《きょうじ》もあろうに、どこまでも腰の低い男である。鯔八と蟹助は、もう人手はいらないからと箸洗いの前に母屋の台所に戻ってもらった。この三人が助けてくれなければ、これほど事は円滑《えんかつ》に進まなかっただろう。

「こちらこそ、お世話になりました」

お妙は丁寧に腰を折る。いい経験をさせてもらった。汁を温め直したり飯を炊きはじめたりする頃合いは、ご隠居に仕えて長い磯一が見計らってくれた。

決して目立たず、相手の呼吸にそっと寄り添う。当人の思惑はともかくご隠居がいつまでも元気そうなのは、この男が台所を取り仕切っていることと無関係ではないだろう。

「あとの片づけや洗い物は手前どもの見習いにやらせますので、お妙さんとお勝さんは座敷で一服してください」

茶懐石に使った器の、一つ一つが値打ち物だ。洗っている最中に欠けさせでもしたら大変なので、お言葉に甘えることにした。

寄付に使っていた部屋に通されて、襷の結び目を解く。いつもより気を張っていたためか、肩や腰周りが重だるい。畳の上に正座をし、お妙は右に左に首を倒す。

「ああ、お店に戻ったら夜の仕込みをしなくちゃ。少しくたびれたわね」

「だから昼だけじゃなく、夜も休みにすりゃいいって言ったじゃないのさ」

「でもなんだか、店を開けていないのも寂しくて」

馴染み客がここに集っているのだから、おそらく夜は暇だろう。だが茶事の慌ただだしさが終わったあとに店も開けず一人で内所に籠《こも》っていたら、また善助のことばかり考えてしまいそうだった。

夜着の中で目が冴《さ》えて輾転《てんてん》とすることのないよう、今少し働いておきたい。

「ねえさんは休んでくれていいのよ。どうせそんなに混まないだろうし」

「平気さ。若い衆が力仕事を引き受けてくれたお陰で、アタシは疲れちゃいないよ」

お勝は帯に挟んでいた煙管《きせる》を取り出し、煙草盆を引き寄せる。

店を開ければ給仕のお勝も、おちおち休めやしないだろう。年嵩《としかさ》のお勝のほうがくたびれやすいだろうに、自分のことで頭がいっぱいでそこまで気が回らずにいた。

「でも——」

「あんまり人を年寄り扱いしないでくれるかい」

煙草に火をつけ、煙をぷかりと輪っかに吐く。十のころからお妙を知っているお勝には、その内心などお見通しのようだった。

「お妙さん、お勝さん、よろしいですか」

しばらくお勝の吐く煙の行方《ゆくえ》を目で追っていると、襖の向こうから声がかかった。

返事をすると音もなく襖が開き、磯一がそこに控えている。

「お二人にも菓子の用意がございますからと、承ってまいりました」

膝先に置かれた折敷には、牡丹餅《ぼたもち》と煎茶が載っている。茶席にも同じ菓子が出ているのだろう。

もうすぐ玄猪《げんちょ》、十月最初の亥《い》の日である。この日武家では紅白の餅を家臣に配り、町家では牡丹餅を作る習いである。また亥の日は火を防ぐと考えられており、玄猪を炉開きとする茶人も多い。

勧められた牡丹餅は、裏店のおかみさんが作るようなぼてっとしたものではなく、小ぢんまりとして品がよかった。

「あら、これはもしかして」

「はい、おいと牡丹餅です」

谷中《やなか》にある、旨いと評判の餅菓子屋である。特に牡丹餅が有名で、極めて美味と伝わる一方、団子のごとく小さいとも言われていた。

団子はさすがに言いすぎだが、楊枝《ようじ》で切り分けても三口ほどで食べられそうだ。腹は満ちぬが茶席にはいい大きさである。

噂《うわさ》に聞くおいと牡丹餅、お妙はまだ食べたことがない。勧められるまま口にして、

「まぁ美味しい」と目尻を下げた。

「餡子《あんこ》の炊き加減が絶妙だね」とお勝も頷く。

「ええ、それに中のお餅が柔らかくって」

牡丹餅の餅は糯米《もち》と粳米《うるち》を混ぜて半分潰《つぶ》す「はんごろし」だから、冷めるとどうしても硬くなってしまう。だがこの餅は炊きたてのような柔らかさで、どうしているのか店に聞きたいくらいだ。もっとも教えてはくれないだろうが。

「砂糖を入れて炊いているのかしら？」

餅自体が甘い気がして、お妙は首を傾《かし》げる。玄猪の折に試してみるとしよう。

「ときにお妙さん」

お妙とお勝が旨そうに菓子を頬張るのを、にこにこと見ていた磯一が畳に手をつく。

「茶事は今、中立《なかだ》ちに入っております」

急にあらたまって何事かと、不穏なものを胸に抱きつつお妙は「はぁ」と返事をした。

菓子をいただいたあと、客はいったん露地へ出て、腰掛待合に戻って休む。それを中立ちという。亭主はその間に室内の装いを改める。

客が再び席入りすると、格式の高い濃茶点前があり、それからややくだけた薄茶点前。薄茶が終わると退席と見送りで、本日の茶事はお開きとなる。

お妙の役目はもはやないはず。なのになぜか、厄介事を持ち込まれそうな勘が働く。

「ご隠居様から、濃茶のあとの薄茶点前をぜひお妙さんにと、言いつかってまいりました」

ああ、やはり。あまりに無茶な申し出に、口は開けど言葉が出ない。

「困ります」と言う前に、後座の用意が整ったことを知らせる銅鑼《どら》が鳴った。


「あのご隠居さん、思い直してください。私にはできません」

濃茶の点前が終わるころには釜の煮えも落ちるため、今一度炉に炭を足す。その炭を取るため水屋へ下がってきたところを捉《つか》まえて、お妙はご隠居に訴えた。

「九つのころにちょっと習っただけですよ。とても人前でなど」

「お薄ですから気負うことはございません。人前と言っても、いつもの皆さんですし」

「ですが、きっとお点前を忘れています」

「私が後ろに控えて見ていますから、大丈夫ですよ」

かなり声を抑えているので、嫌だと言っても勢いがない。ご隠居に、のらりくらりとかわされる。炭斗《すみとり》という、炭を小分けにして入れておく籠《かご》を手に取って、早くも茶室に戻ろうとしている。

「待ってください」

失礼を承知で十徳の袖を引く。茶室の客は『ぜんや』にとっても大切な客、せっかくの茶事を不調法に終わらせたくはない。

「いいですか、お妙さん」

だがご隠居は考えを改める気がないらしい。こちらに向き直り、噛んで含めるように言う。

「みなさんへのもてなしとして、それが一番いいと思ったからお願いしているんです。お点前を少し忘れたくらいなんですか」

なぜ窘《たしな》められなければならないのか。前もって言ってくれさえすれば、お点前を復《さ》習《ら》っておくこともできたというのに。あまりにも勝手な言い分である。

「それに、もう遅いです。お薄はお妙さんが点てますよと、すでに伝えてありますから」

なんたることを。はじめから、頼みを断るという道は用意されていなかったのだ。呆気《あっけ》に取られて立ちつくすお妙に「じゃ、頼みましたよ」と声をかけ、ご隠居は茶道口の前に座って襖を開ける。茶室に入ってゆくその後ろ姿を見送りながら、お妙はため息を殺して額を揉《も》んだ。

ご隠居は、こうと決めたら曲げぬところのある人だ。なればこそ菱屋をここまで大きくできたのだろうが、押しが強すぎて呆《あき》れることもある。

水指《みずさし》と棗《なつめ》はもう丸卓《まるじょく》の上に出ているから、運ぶのはまず茶碗《ちゃわん》。茶巾と茶杓《ちゃしゃく》は仕込まれている。それから建水《けんすい》。蓋置きと柄杓《ひしゃく》——。

頭の中で道具の運び出しからはじめ、お点前をざっと復習《さら》ってゆく。必要な道具類の、用意はすでに整えられていた。

ならばもうやるしかない。生来の負けん気の強さが前に出て、お妙は着物の衿元《えりもと》をぴしりと正した。

五

所々忘れていたお点前は、実際にやってみると意外に体が覚えていた。

茶碗に汲んだ湯に茶筅《ちゃせん》を通しながら、お妙は口元に苦笑を浮かべる。次の手順はなんだっけと、頭で考える前に手が動く。不思議なことに「湯を建水に空けたら右手で茶巾を取る！」という、お師匠さんの声まで聞こえてくるようで、お点前は滞りなく進んでいった。

「さっきまで渋っていましたが、なんのなんの、大したものじゃありませんか」

後ろに控えるご隠居が鷹揚《おうよう》に笑う。お妙は炉に向かってやや斜めに座しているので、ご隠居からも手元がよく見える。

「ええ、所作が美しくて見惚《みと》れるほどです」

正客の俵屋もまた、調子のいいことを言う。濃茶に比べて薄茶点前は和やかなもの。会話が許されているとはいえ、序盤からお点前を褒《ほ》めるのも珍しい。

「本当に、お妙さんの博識にはいつも驚かされるばかりです」

只次郎まで純粋な感動を伝えてくる。お妙はいたたまれなくなってきて、「あまり褒めないでください」とうつむいた。

茶碗を清め終わり、いよいよ薄茶を点てる。「お菓子をどうぞ」というご隠居の挨拶で、客は菓子器に盛られた干菓子を取り回してゆく。

茶碗は黒楽《くろらく》、棗は利休好みの中棗。茶杓で抹茶を掬《すく》い入れ、茶碗の端で軽く打つ。静かだ。手順を教えるお師匠さんの声も、もう聞こえない。釜がシュンシュンと湯気を上げ、その音が土壁に吸われてゆく。

床の間の軸は巻き取られ、代わりに白玉椿《つばき》の蕾《つぼみ》を挿した花入れが飾られている。中立ちの間にご隠居が、設えを替えたのだ。

柄杓《ひしやく》で湯を汲み、茶筅の音も軽やかに茶の表面にまろやかな泡を立ててゆく。茶を点てることに集中しつつも、意識は茶室全体を捉《とら》えていた。今なら羽虫が一匹入り込んでもすぐに気づける。

茶室と一体になったような、この感覚。そうだ、これが好きだったのだと思い出す。だからこそ男と女の垣根が邪魔で、幼いお妙は苛立《いらだ》ったのだ。

今日の客は、女が点てた茶だからと言って嫌がらぬ者ばかり。それどころか断ろうとしたお妙を、ご隠居と一緒になって引きずり出したようなものだ。なにを遠慮することがあろう。

点て終わった茶碗を手に取り、客に正面を向けて出す。それを主客である俵屋が、膝を躙《にじ》って取りにくる。

お妙は背筋を伸ばし、俵屋の「お点前ちょうだいいたします」という挨拶を受けた。ひと口飲むのを見計らい、左膝先に置いてあった帛紗《ふくさ》を手に取り帯につける。

「うまい！」とこそ言わないが、その代わり俵屋が飲み終わりに吸い切りの音を立てた。美味しくいただきましたという合図である。

互いの呼吸が心地よい。俵屋がいつもより落ち着いているのが分かる。

三河屋は興味深げに、只次郎はまだ少し強張《こわば》りつつ、三文字屋は穏やかに座していた。誰《だれ》にとも知れず、ありがとうという気持ちが湧《わ》いてくる。先ほどまではご隠居を恨んでいたのに、この機会を設けてくれたことに、お妙は感謝すら覚えはじめていた。

拝見が終わり、俵屋から茶碗が戻される。それを濯《すす》いで、次客三河屋の茶を点てはじめる。お点前が移ったのを見てご隠居が、声を低くして問いかけた。

「ところで皆さん、例のことについて、首尾はいかがですか？」

茶室に漂っていた、寛いだ気配がピリッと引き締まる。この面々で「例のこと」といえば、一つしかない。

「近江屋さんですね」

只次郎が頷き返す。お妙はお点前を続けながらも耳をそばだてた。

「私は大まかな金の流れを探らせています。ご公儀のお役人のどなたかに、万金を積んでいるのはたしかなようですよ」

口火を切ったのはお詰めに座る三文字屋だ。鼻の横の大きなほくろをうごめかしつつ喋《しゃべ》る。

「日光修繕を請け負うくらいだ。そりゃあそうとう食い込んでるだろうよ」

正面を向けて置いた茶碗を、次客の三河屋が取りにきた。

『ぜんや』では決してできぬ話だ。用心棒の重蔵《じゅうぞう》がいるし、誰かしら他の客もいる。

裏店に住むおえんなどは、いつ口を滑らせるか分からないから巻き込めない。

ご隠居がこの面々を集めたのには、現状を把握しておこうという意図もあったのだろう。戦国の世に茶の湯が流行《はや》ったのも頷ける。狭い茶室は密談向きである。

三河屋の「お相伴いたします」という挨拶に応じてから、俵屋が口を開いた。

「私は過去を探ってみることにしたんですが、実は炭薪問屋の河野屋さんはもうないんですよね。掛け取りがうまくいかずに破産して、一家離散したそうで」

かつて善助と近江屋が奉公していたという河野屋だ。破産は十五年以上も前の出来事で、主《あるじ》が今どうしているのかすら分からないという。

「ですが伝手《つて》を頼ってみましたら、河野屋の元奉公人が別の炭薪問屋の番頭に収まっておりまして。そのころはまだ小僧だったようですが、近江屋さんのことはよく覚えていました。下の者には当たりがきつく、上の者にはおべっか使い。主人の覚えはめでたかったようですが、同僚からは嫌われていたそうです。仕事のできる人なので、妬《ねた》みもあったのだろうと思いますが」

その話は今の近江屋の印象からも離れてはいなかった。昔から、そういう人で通してきたのだろう。

「一方の善助さんは面倒見がよく、ずいぶん世話になったみたいですよ。仕事ぶりも真面目で慕われていたそうですが、いざ顔を思い出してみようとしても難しいらしく。もはやなにかしらの才能ですね、あれは」

この席にいる者は、只次郎以外は皆善助に会ったことがある。だが誰もが「顔が思い出せない」と口をそろえるのだ。人のことは言えない。お妙の夢に出てきた善助も、のっぺらぼうだった。

「その番頭が言うに、善助さんと近江屋さんの間には諍《いさか》いらしきものはなかったと。ただ近江屋さんがいびっていた小僧を善助さんが庇ったりするので、近江屋さんとしては面白くなかったのかもしれません」

「でもそれだけで、人を殺したりはしませんよね」

只次郎がなにげなく使った「殺す」という言葉に、自然と肩が跳ねてしまう。

「おっと、失礼」

「いいえ、平気です」

三河屋から空になった茶碗が戻ってきた。またもやそれを濯ぎ、三客の只次郎に茶を点てる。

「これは柳井《やない》殿から聞いた話なんですが」

引き続き只次郎が喋りはじめる。兄嫁の父で吟味《ぎんみ》方与力《かたよりき》である男の名を出した。

「善助さんの検視にあたった同心は、三年ほど前から妙に羽振りがよかったそうです。あれはいい金づるを摑まえたんだろうと噂《うわさ》になっていたようで。当人はすでに死んでしまっているので、金づるが誰だったのかまでは分かりませんが」

柳井殿に検視の記録を探ってもらったところ、川に落ちて亡くなったはずが爪《つめ》に砂泥が詰まっていないなど、殺しではないかと疑わしいところがあった。それなのに事故として片づけられており、これはなにか裏があるのではと調べている。そこまでの話は以前から聞かされていた。

善助が他界して、来月でちょうど三年になる。同心や与力は付け届けの多い役目とはいえ、頃合いがやけによかった。

「林様」

茶碗を出されても取りにこない只次郎を、三河屋がつつく。

「あ、すみません」と気づいて只次郎は、前の二人に倣《なら》って躙り出てきた。

「私は升川屋が近江屋とずいぶん仲がいいので、そっちを調べてみたんだがね」

只次郎が自席に戻るのを待って、三河屋が先を続ける。

「離れの材木を融通してもらったのを機に意気投合しただけで、近江屋の腹の底までは知らないみたいだね」

「そうですか。升川屋さんは裏表のない人ですから、さほど心配しちゃいませんでしたが」

そう言うわりにご隠居は、安堵《あんど》の混じった息を吐く。

人を疑うというのはしんどいものだ。特に仲間内ならなおのこと。

「あの近江屋さんと、悪だくみなしで懇意《こんい》になれる升川屋さんもすごいですけどね」

吸い切りの音を聞かせ、只次郎が苦い顔をする。実際に苦かったのかもしれない。

手元が狂って、抹茶を多めに入れてしまった気がする。

「あの人はまだ若いですし、近江屋さんとは個々のつき合いもありますから、このことは内密にしておこうと思うのですが、どうでしょう」

「そうですね、升川屋さんの気性じゃ嘘《うそ》をつくのが上手くない。近江屋さんに不審を抱かれては困ります」

ご隠居が提案し、俵屋が受ける。他に異存はなさそうだ。

だから今日は升川屋がいないのか。と思いきや、「あの人はじっとしているのを好まないので、どのみち茶会には来ませんよ」と三文字屋が笑った。

只次郎から茶碗が戻される。中を濯ぎ、その湯を建水に捨てる。茶巾でよく拭ってから、棗と茶杓を取り上げた。次はお詰めの三文字屋の分である。

「では最後に私が。少し時を遡《さかのぼ》りまして、天明《てんめい》七年（一七八七）の打ち壊しの話です。あの騒動の先頭にいたのが、草間某《くさまなにがし》という浪人者だったのですよね」

　背後から、ご隠居の威厳ある声が聞こえてきた。『ぜんや』の用心棒草間重蔵の正体に疑問を抱き、只次郎に調べてもらったことは伝えてある。だが打ち壊しに加担した草間某と、重蔵が同一人物という確証はまだない。

「あの騒動で米屋、搗米屋《つきごめや》などは店の塀や壁まで壊されて損を被ったわけですが、その代わりに大儲《おおもう》けをした人がおりましてね」

　茶杓で薄茶を掬いながら、じわじわと嫌な予感に炙られる。収束までに五日以上を要した打ち壊しの、被害に遭った商家など数えきれない。壊された店の修繕に必要なものといえば――。

「そう、材木問屋の近江屋さんです」

　薄茶の粉が、茶碗の底に残っていた水気を吸って滲《にじ》む。じわじわと、緑を濃い緑に染めてゆく。

「つまり草間某が、近江屋さんの意を汲んで動いていたと？」

　三文字屋が衣擦《きぬず》れの音を立て、身を乗り出した。

　釜の湯が減って、盛んに湯気を上げている。これでは熱すぎるかもしれないと、お妙は視線をぼんやりと泳がせた。

「差し出がましいですが小者《こもの》を一人、すでに見張りにつけてあります」

ご隠居はさすがに手回しがいい。『ぜんや』の裏店にいるはずの重蔵が今なにをしているのか、にわかに気になってきた。

重蔵が近江屋と繋がっている？　そんな素振りはあったかと、記憶の底を浚《さら》ってゆく。あの二人が直《じか》に言葉を交わしていたことは――。

あった。近江屋が深川木場《きば》の家まで人を呼びに行ってくれと、重蔵に頼んだことが。

表向きの重蔵は、江戸に出てきて間もない浪人者。そんな人物に、歩いて半刻（一時間）はかかる深川木場までの使いを頼むだろうか。

だがあの二人に、以前から面識があったとすれば――。

「お妙さん、入れすぎですすよ」

俵屋に指摘され、はっと身を震わせる。黒い茶碗の中に薄緑色の、こんもりとした山ができていた。

歩く魚

一

動きを止めると汗を吸った稽古着《けいこぎ》が、みるみるうちに冷えてゆく。寒風の下諸肌《もろはだ》を脱ぐと、蒸し上がったばかりの饅頭《まんじゅう》のごとく、体からほわりと湯気が上がった。

離れの縁側に置いてあった手拭《てぬぐ》いを取り、汗の粒が光る肌を強めに拭《ぬぐ》う。そうすることで血の巡りがさらによくなり、着物を着替えたころには、まるで湯上がりのような心地がする。

「ふう」

火鉢から外しておいた鉄瓶が、いい具合に冷めていた。林只次郎は縁側に腰掛けて、ぬるめの白湯《さゆ》をひと口啜《すす》った。

霜月《しもつき》七日。枯れ芙蓉《ふよう》が風に揺れる冬の庭は、侘《わ》びしいながらも風情《ふぜい》がある。青々としているのは菜園の大根の葉だ。それも霜にあたる前に抜いて、土に埋めておかねばなるまい。しばらくするとこの江戸にも、雪の花が咲くだろう。

その作業を、今年は只次郎が請け負うことになりそうだ。鋤鍬《すきくわ》を握り、土を耕してきた兄の重正《しげまさ》は、このところずっと塞《ふさ》いでいる。むっつり黙り込んでいるかと思えば突然妻子を怒鳴りつけ、機嫌がどこを向いているのか分からない。只次郎がいくら誘いかけても、朝の稽古をつけてくれなくなった。

それもこれも、九月に受けた学問吟味《ぎんみ》の結果が不首尾《ふしゆび》に終わったせいである。重正が悪いわけではない。只次郎の見立てでは、甲、乙、丙のうち丙科の及第点には達していたのではないかと思う。だが重正の成績いかんにかかわらず、試験そのものが無効となってはどうにもできぬ。

なんでも目付《めつけ》と湯島《ゆしま》聖堂の儒者との間で成績の評定に折り合いがつかず、三百名近くが受けた試験を、なかったことにしてしまったらしい。成績の秀でた者にはしかるべき役目への登用《とうよう》もあり得ると匂《にお》わせておきながら、まさかまさかの手のひら返し。それでも騒動にならないのだから、旗本、御家人というのは実によく飼い慣らされている。

もっとも騒動が起こらなかったからといって、腹に鬱憤《うつぷん》を溜《た》めている者がいないわけがない。重正の不機嫌も、腹の中のものが折に触れ噴き出してしまうせいに違いなかった。

無理もない。只次郎に乗せられた形とはいえ、重正は二月からずっと学問吟味に向けての勉学に勤《いそ》しんできた。じっと座っているよりも、木刀を振り回していたほうが性《しょう》に合っているあの兄が、である。学問が苦にならない只次郎には、計り知れぬほどの辛抱があったことだろう。

その努力が役人の都合で水の泡とされてしまったのだ。もっとも丙科に及第していたとしても、甲科、乙科の及第者とは違い登科《とうか》済みとされるわけではなく、褒美《ほうび》もない。次回もまた試験を受けて、甲、乙科で及第するよう求められるのだ。それでもあと一歩という励みにはなる。

此度《このたび》の顚末《てんまつ》には、虚《むな》しさしかなかった。貧乏旗本の子弟がいかに励もうとも、上の者に握り潰《つぶ》されてはひとたまりもない。かつて「理不尽に堪えるのも、武士の務めなれば」と嘯《うそぶ》いた重正は、その言葉をあらためて嚙《か》みしめているのだろうか。

「叔父上《おじうえ》、終わりましたか」

甲高《かんだか》い子供の声がして、姪《めい》のお栄《えい》が母屋の裏口からひょっこりと顔を出した。思い悩むことなどないかのように元気いっぱい、飛び石をぴょんぴょん跳ねて近づいてくる。羽二重《はぶたえ》餅《もち》のような頰《ほお》が真っ赤に染まり、なんとも愛らしい風情である。

「帯解《おびとき》の晴れ着を、ありがとう存じまする」

只次郎の前で立ち止まり、お栄はぴょこんと頭を下げた。

「ああ、仕立て上がったんだね」

「はい、母上が縫い上げてくださりました」

　帯解は着物のつけ紐《ひも》を取り、初めて普通の帯を締める祝いで、女子が七つのときに行われる。甥《おい》の乙松《おとまつ》もまた袴着《はかまぎ》で、そのための晴れ着を新調するのに林家の禄《ろく》だけでは苦しかろうと、鶯《うぐいす》稼業で儲《もう》けている只次郎が祝い金として幾許《いくばく》かを兄嫁のお葉《よう》に渡してあった。

　袴着は男子が五歳で初めて袴を着けること。ちなみに三歳は髪置きで、三つを合わせていわゆる七五三である。十一月の吉日を選び執《と》り行われ、特に十五日を選ぶ家が多かった。

　子の成長は早いものだが、風邪《かぜ》をちょっとこじらせただけでも命が危うい。特に乙松は夏に瘧《おこり》を病んでいる。七つ、五つ、三つは命の節目。なればこそ喜びもひとしおである。

「宴にはまた、八丁堀《はっちょうぼり》のお爺々《じじ》様がいらっしゃるんだろう？」

「そのように伺っておりまする！」

　お葉の父で吟味方与力の柳井殿は、三月の雛《ひな》の宴《うたげ》のときのように、またも決まり悪げに林家の門を潜《くぐ》るのだろう。いつもふてぶてしいほどに落ち着いている御仁だが、娘と孫には弱いようで、あれはなかなかの見物である。

「それならばまた、手鞠寿司《てまりずし》を注文しておこうか」

「『ぜんや』にござりまするか！」

只次郎が料理の名を口にすると、お栄がぱっと顔を輝かせた。雛祭りに食べた色鮮やかな寿司を覚えていたのだろう。幸せそうに目を細め、両の頰を手で押さえた。

「あれは美味にござりました。今思い出しても頰《ほ》っぺたが落ちそうで困りまする」

誰《だれ》に似たのか、お栄もかなりの食いしん坊。ご馳走《ちそう》を断るはずがない。

只次郎もまた祝い事にかこつけて、お妙の料理が食べたかった。雛祭り用の手鞠寿司には煮蛤《にはまぐり》があったが、この季節なら平目だろうか。いや、そろそろ赤貝もいいかもしれない。お妙はきっと、頼めば快く作ってくれる。

そんなことを考えていると、朝飯前ということもあり、口の中に唾《つば》がしきりに湧《わ》いてくる。夕方ごろに神田花房町《かんだはなぶさちょう》の『ぜんや』に赴《おもむ》き、手鞠寿司の注文ついでに旨《うま》いものを食べてこよう。

「叔父上は、今宵も『ぜんや』に行かれるのですか？」

出迎えてくれるお妙の笑顔を想像し、よほど鼻の下が伸びていたのだろうか。お栄に思惑《おもわく》を見破られ、その鋭さに舌を巻く。

「美味《おい》しいものがきっとたくさんござりましょう。栄も大人になったら居酒屋に行きとうござります」

「ううん、それはちょっと」

姪っ子の邪気のなさに、只次郎は言葉に詰まった。暇を持て余している部屋住みの次男坊とて、武士が居酒屋に入り浸っているのは決して褒《ほ》められたことではない。ましてや女子の場合は、言うまでもない。

「なぜにござりまする。栄は世の中をもっと知りとうござりまする」

お栄は知識欲の塊《かたまり》だ。せめて男ならこっそり連れて行ってやれないこともないのにと、残念に思う。この拝領《はいりょう》屋敷に押し込められて、外の世界をろくに知らぬまま、いずれは婚家に嫁いでゆく。そんな通り一遍の人生を辿《たど》らせるには、お栄は才気が勝ちすぎて、どうしても惜しいと感じてしまう。

女には己に才覚さえあれば、身分の別なく出世できる場所が一つだけある。もしもお栄が望むなら、細い伝手《つて》を頼ってそこに送り込むこともできるのだが。

只次郎がその道をお栄に示す前に、母屋の裏口が再び開いた。木戸を乱暴に開けたまま閉めもせず、重正が真《ま》っ直《す》ぐこちらに向かってくる。ただならぬ勢いに、只次郎は思わずお栄を背後に庇《かば》った。

「どけ！」

「兄上、どうか落ち着いて――」

「やかましい！」

あっけなく、襟《えり》を摑《つか》んで投げ飛ばされた。とっさに受け身を取ったので怪我《けが》はないが、体を鍛える前ならば腰をしたたかに打ちつけて身悶《みもだ》えていたことだろう。

「この大馬鹿者が！」

だがお栄のことは庇いきれなかった。重正の分厚い手が、柔らかな頰に振り下ろされる。バチンと派手な音がして、お栄の体が枯れ草に覆われた地面に転がった。

「聞こえたぞ。居酒屋に行きたいなど、およそ武家の娘とは思えぬ恥知らず。立て！お主のような者は押し入れで、鼠《ねずみ》と共に暮らすがよい！」

自力では立てぬ娘の襟首を摑み上げ、引きずるようにして母屋へ連れて行こうとする。一拍遅れて我が身に起こったことを悟ったお栄が、真っ赤になってうわぁんと泣きだした。

「お待ちくだされ、兄上。お栄はなにも悪うござりませぬ。どうか幼子の戯言《ざれごと》とお聞き流しくだされ」

むしろ微笑《ほほえ》ましいくらいの子供の稚気《ちき》に、いちいち目くじら立てるとは大人げない。

『ぜんや』の話題を持ち出した責任もあり、只次郎は重正に追いすがる。

「栄が悪うないのなら、ではお主が悪いのか」

ぎょろりと睨《にら》みつけられて、矛先《ほこさき》がこちらに向けられたと察する。しまったと思ったときにはもう遅かった。

「そもそもお主が居酒屋風情に出入りしておるから、栄がいらぬことを覚えるのだ。次男なればと大目に見てきたが、以後まかりならぬと心得るがよい！」

「そんな殺生《せっしょう》な！」

「なにが殺生か。守れぬならより無残な目を見せてくれる！」

重正の大音声《だいおんじょう》に臆《おく》したか、家の中から乙松の泣き声までが聞こえてきた。鼻息荒く只次郎を睨んでいた重正は忌々《いまいま》しげに舌打ちをし、やはりお栄を引きずって行ってしまう。

姉弟の泣き喚《わめ》く声より「うるさい、泣くな！」という重正の怒声のほうが凄《すさ》まじく、ぴしゃりと木戸が閉じられた。

只次郎は兄を引き留めようとした手を前に突き出したまま、その場に呆然《ぼうぜん》と立ち尽くしていた。

居酒屋『ぜんや』の用心棒に納まっている草間重蔵に、材木問屋の近江屋と繋《つな》がりがあるのではないかという疑いが生じたのが、先月のこと。それからひと月余り太物《ふともの》問屋菱屋のご隠居が小者《こもの》をつけて見張らせているが、まだ馬脚《ばきゃく》を露《あらわ》す様子はない。

重蔵ははたして黒なのか、そもそも天明《てんめい》の打ち壊しを先導したという草間某《なにがし》とは別人なのか、ことがはっきりせぬうちはこちら側も気が抜けない。ひとまずお妙と重蔵を二人っきりにはせぬように、お勝が『ぜんや』に泊まり込もうと申し出たが、それはお妙が断った。

「そんなふうにいつもと違うことをしては、よけいに相手を煽《あお》ってしまうかもしれません。それに私に害を及ぼそうというのなら、とっくにされていると思いませんか」

我が身のことというのに、お妙は気丈だった。顔は少しばかり青ざめていたが、そう言いきった。

このような事態に陥《おちい》っても、まだ重蔵のことを信用しているのだろうか。お妙が「大丈夫ですよ」と無理に微笑むのを見て、只次郎は切なくなった。

お妙が縋《すが》っているのはただ、どうしても重蔵が悪い人とは思えないという直感だけ。そんなものは思い込みの範疇《はんちゅう》だ。人というのは、信じたいものしか信じないようにできている。

自分でも重蔵の出自《しゅつじ》を怪しく思ったからこそ、只次郎にごろつきが集まる「黒狗《くろいぬ》組《ぐみ》」を探らせたはずなのに。それでもまだ信じようとする、その気持ちはどこからくるのだろうか。

ともあれ相手を刺激せぬようにという、お妙の言い分にも一理ある。だが心配なものは心配なので、持ち回りで必ず誰かが『ぜんや』に顔を出すことと取り決めた。その顔触れは先月の茶会にいた、菱屋のご隠居、俵屋、三河屋、三文字屋、そして只次郎である。

困ったことに本日は、只次郎が当番の日であった。

しかし重正のあの剣幕では、他出は適《かな》いそうにない。下手をするとお栄や乙松にまでとばっちりが及びそうだ。

只次郎は下男の亀吉《かめきち》を呼びつけて、大伝馬町の菱屋まで走らせた。ご隠居から「万事お任せあれ」との返事が届いてひとまず胸を撫《な》で下ろしたが、想《おも》い人の火急の際にすら、思い通りに動けぬ我が身が恨めしい。

実際のところ林家の台所を支えているのは只次郎だが、それでも次期当主である兄を立てぬわけにはいかない。それに頼みの鶯稼業すら、近ごろは先行きがよく見えぬ。

日が高くなるのを待ってから、只次郎は鶯たちを水浴用の籠に移して縁側に出した。

名鳥と誉《ほま》れ高きルリオ、その連れ合いであるメノウ、それから五羽の雛たち、都合七つの籠がずらりと並ぶ。

「ほら、気持ちいいだろう」

日向水《ひなたみず》を如雨露《じょうろ》に汲《く》んでかけてやると、二本の止まり木の間を行き交いながら、小さな羽を震わせ喜んでいる。ルリオはまだ元気そうだが、小鳥の寿命からすると、そろそろなにがあってもおかしくはない。それなのに、名鳥の評判を引き継ぐべき雛たちが、なんとも頼りないのである。

五羽の雛のうち、雄《おす》は三羽。秋鳴きの声はすでに聞いている。だが三羽とも、本当にルリオの子なのかと疑うほど歌が下手だった。

喉《のど》がまだ完全にできてはいないから、文句が甘いのはしかたがない。ところがそれ以前の問題で、無理矢理文字にしてみると「ホーホケキョ」ではなく「オゲチョ」としか表せず、声も悪い。もはや鳥の種類が違うのだろうかと思わざるを得ないほどだ。

これなら父の上役であった佐々木《ささき》様に、昨年献上した鶯たちのほうがよっぽど出来がよかった。佐々木様の死後あの二羽の行方《ゆくえ》は分からないが、できることなら取り戻して、ルリオの後継に据《す》えたいくらいだ。

いいや、まだ望みを捨てるわけにはいかぬ。来春ルリオが本鳴きをするようになれば、歌を覚え直させることができる。だがどうにか鶯らしくはなれても、美声と称《たた》えられるほどになるのは難しかろう。

「なんとか頑張っておくれよ」

これまで何羽もの雛をルリオのつけ子にしてきたが、彼と並ぶほどの美声には育たなかった。やはりルリオは格別で、後継など望むべくもないのだろうか。

つぶらな目をくりくりと動かし、羽繕《はづくろ》いをする雛たちを眺めながら、只次郎は重苦しいため息を吐《つ》いた。

お妙の身の回りはきな臭《くさ》く、鶯稼業も見通しが暗い。その上身動きが取れぬとあれば、焦燥《しょうそう》が降り積もり不安と変じる。

胃の腑《ふ》にずしりと重みを感じ、只次郎は兄の勘気《かんき》が早く解けますようにと祈った。

二

十一月十三日は大安吉日。林家ではその日を選び、お栄の帯解と乙松の袴着を執り行うこととなった。

その日は朝から慌ただしく、特にお葉は甲走《かんばし》った声で下女を追い回していた。台所からは常に出汁のにおいが漂い出ており、朝餉《あさげ》を終えたばかりというのに妙に腹が空《す》いてくる。

それでも夕刻から始まる宴の膳《ぜん》は、あまりあてにせぬがよいだろう。重正の勘気は未《いま》だ解けず、『ぜんや』に赴くことはおろか、料理を取り寄せることすら許されずにいる。

重正はどうも学問吟味を受けるよう勧めた只次郎に、意趣返《いしゅがえ》しをしたいらしい。

「お栄も私も充分悔いておりますから、どうか許してはくれませぬか」と寛恕《かんじょ》を請うてみたところ、「お主の口の上手《うま》さにはもう騙《だま》されぬ！」と突っぱねられた。

只次郎が口八丁で学問吟味を受けるよう勧めなければ、無駄な努力をせずとも済んだものを。重正はつまりそう言いたいのだ。

学問吟味が不首尾に終わったのは、只次郎のせいではない。兄もそれは分かっているが、誰かに当たらねば気が済まないのだろう。只次郎にも申し訳なかったという気持ちがあり、重正が嚙みしめている理不尽に免じて、己も理不尽に甘んずることにした。お陰でもう、六日もお妙の顔を見ていない。

元気だろうか。心細さを感じてはいないだろうか。ご隠居たちから「変わりなし」という報告を受けてはいるが、お妙の細かな表情までは伝わらない。

どうか今日も無事でいてくれ。『ぜんや』のある方角に向かってそう祈る。

まるでその願いに応《こた》えるように、縁側に面した障子《しょうじ》が音もなくすっと開いた。

「只次郎様、そろそろ母屋へ」

下男の亀吉が呼びに来ただけであった。


乙松が碁盤《ごばん》の上に立たされて、袴を着せられている。左から足を通し、腰紐を締めるのは重正や只次郎の父である。麻の裃《かみしも》を整え、腰に子供差しの双刀を携《たずさ》えれば、いつも泣きべそばかりかいているこの甥も、見違えるほど凛々《りり》しくなった。

「ふむ、馬子《まご》にも衣装」

こんなときくらい褒めてやればいいものを、重正は気難しげに口を引き結ぶ。母とお葉は別室でお栄の支度をしているし、父は重正同様人を褒めることがない。

仕方がないから只次郎が、その役を担うことにした。

「よう似合《にお》うておる。そなたももう、立派な武家の男だな」

叔父らしき威厳を出そうとして、やけに偉そうになってしまった。乙松は嬉《うれ》しげにはにかんで、碁盤からぴょんと飛び下りる。

碁盤の上に子を立たせるのは、筋目正しく育ちますようにとか、勝負運の強い子になりますようにといった意味合いがあるそうだ。

乙松は、勝負事には向いていないように見える。ならばせめて筋目正しく、真っ直ぐに育ってほしいと願うばかりだ。

「失礼いたします。そちらはご用意整いましたか」

お葉が静かに襖《ふすま》を開け、廊下に軽く手をついた。乙松の晴れ着姿を前にして、表情に乏しい兄嫁には珍しく「まぁ」と喜色を頬に浮かべる。

「母上、いかがです」

「ええ、たいそう見事にございますよ」

感極まって、お葉は目に涙さえ湛《たた》えていた。命を脅かされることもなくこの日を迎えられたのだから、母親としては御《おん》の字だろう。

だが重正はそうではないようだ。

「その舌っ足らずなもの言いはやめぬか。気色の悪い!」

母親にはつい、甘え声を出してしまう乙松である。せっかくさっきまで笑っていたのに、重正に叱《しか》られて泣きそうに顔が歪《ゆが》んだ。

「ああ!」

こんな晴れの日に泣かせたくはない。だがどうやって気を逸《そ》らしたものかと決めあぐねていると、お葉の背後から凜《りん》とした声が上がった。

「栄は本日、なにがあっても泣きませぬぞ！」

振袖《ふりそで》姿のお栄が、小さな鼻をつんと聳《そび》やかしている。松の裾《すそ》模様に、帯は亀甲《きっこう》。頰には薄く白粉《おしろい》を刷《は》き、おちょぼ口は紅で彩られていた。

「せっかくの白粉が、流れてしまいまする」

初めての化粧である。それが崩れぬよう気を配っているのだから、女の子というのは得体が知れない。昨日までは頰に泥をつけ、庭を駆け回っていたではないか。

「姉上、お綺麗《きれい》です」

呆気《あっけ》に取られているうちに、乙松に先を越された。

「乙松も、立派にござりまするぞ」

そう言って返す微笑みも、いつものお栄に見られる満面の笑みではない。白粉が撚《よ》れるのを嫌がって、少しばかり強張《こわば》っている。

この子はきっともうすぐに、幼い女の子を脱してしまうのだ。

本来めでたいはずの姪っ子の成長を、只次郎は幾許かの寂しさを以《もっ》て受けとめた。

三

神田明神《かんだみようじん》の参道には、祝い飴《あめ》や玩具《がんぐ》を扱う露店がひしめき、行くも帰るも参詣《さんけい》の家族が列をなしていた。

最も混雑するであろう十五日は避けたものの、今日とて大安吉日。同じ考えの者が多かったらしい。武家と町人の別もなく、押されながら流されてゆく。

はぐれぬよう、露店の千歳飴《ちとせあめ》に気を取られている乙松を重正がひょいと抱えて肩に乗せた。只次郎は背後の女子《おなご》衆を振り返る。母にお葉、お栄と下女が、手を繋いでひと塊になっている。

「あっ」

見通しのよくなった乙松が、なにかに気づいて声を上げた。

首を捻《ね》じ曲げて後ろを見ていたおかげで、只次郎も同じものを見た。群衆の頭越しに、馬に乗せられ悠々と、歩き去ってゆく裃姿の若君を。

乙松と同じ、袴着を済ませたばかりの旗本の子である。ただ大きく違うのは家禄のようで、つき従う侍はもちろん、馬前に立つ二人の馬丁《べっとう》すら真新しい揃《そろ》いの法被《はっぴ》を羽織り、蒔絵《まきえ》の施された馬柄杓《まびしやく》を後ろに挿《さ》している。

道行く人は皆、拵《こしら》えの美々しい主従を焦《こ》がれるように見上げ、若君の横顔も心なしか誇らしげだ。

一方の林家は、旗本とはいえ徒歩《かち》の小十人番士であり、馬に乗ることは許されていない。供についているのも、一張羅《いっちょうら》を着た亀吉だけである。

乙松は重正の肩に摑まったまま、若君たちを食い入るように眺めていた。自分も馬に乗りたいと、その目が訴えかけている。だが口に出して言わないのは、一生涯馬には乗れぬ身分なのだと、齢《よわい》五つにして悟ってもいるからだ。

若君たちが行ってしまうと、乙松はしゅんとうな垂れてしまった。せっかくの晴れの日に、肩身の狭い思いをしてほしくはない。なんと声をかけたものかと迷っていると、後ろから袖《そで》を引かれた。

「叔父上、あれはなにをしているのですか」

いつの間にか、お栄がすぐ後ろに来ていた。指を差しているのは革羽織を着た鳶《とび》に担がれた、晴れ着姿の女の子だ。あちらもまた、帯解の祝いである。

「あれは商家の娘子だね。参詣の折にはああやって、出入りの鳶の者が抱えてゆくんだ」

なにせ着物の裾は足をすっぽり覆って余りあるほど長く、打掛《うちかけ》まで羽織っているので自力では歩けない。鳶の肩に座っていても打掛の裾が地面を擦《こす》りそうになるので、女中が後ろから手で持っていた。

「そうなのですか。どこぞのお姫様かと思いました！」

お栄が驚くのも無理はない。あそこまでできるのはかなりの大商人である。奢侈《しゃし》を慎まねばならぬ世とはいえ、子の行事は別格らしい。上等な絹をふんだんに用いた晴れ着には、金糸銀糸の細やかな刺繡《ししゅう》が施され、大名家の姫もかくやといった風情。先頭を行く母と叔母らしき二人の女も、揚げ帽子を被《かぶ》り、帯を前に抱えてしゃなりしゃなりと歩いていた。

世を治めているのは武士なれど、大名家ですら豪商から金を借りているという有様である。武家が質素倹約を旨とするのは、とどのつまり金がないからだ。林家の微禄《びろく》に只次郎の稼ぎを加えても、とても手が出ぬ衣装をあたりまえに着ている町家の子がいる。その事実を、お栄はどのように受け止めるのだろう。

この世に生まれ落ちたときは、皆等しく裸だったはずなのに。五つや七つの子でも、出自《しゅつじ》という己ではどうにもできぬもののせいで、もはやひと並びではないのだ。

真っ直ぐに育ってほしいと願っても、こうして身分と富の差を目の当たりにさせられては、少しずつ歪《ゆが》みが生じてゆくのではないだろうか。

只次郎はにわかに心配になり、せめてと思いお栄に向かって問いかけた。

「よければ私の肩を貸そうか。お栄も高いところからものを見たいだろう」

着飾った女の子をうっとりと眺めていたお栄は、はっとして只次郎を見上げ、すぐさま首を横に振る。

「いいえ。参詣などめったにできぬのですから、栄は自分の足で歩きとうございます」

迷いのない目の輝きに、胸を打たれた。お栄は華美な衣装に目を奪われながらも、あの子を羨《うらや》んではいなかった。自分は自分。人に担がれねば歩けない着物など、必要ないと知っている。

「そうか」と頷《うなず》き、只次郎は前をゆく乙松に目を転じた。

ずり落ちないよう重正の肩に摑まって、乙松は先ほどの馬上の若君を見るより熱心に、露店に飾られている客引き用の巨大な千歳飴を注視していた。薄《うっす》らと開いた口からは、なんと涎《よだれ》まで垂れている。

そんなに食べたいのだろうか。呆《あき》れて空を見上げれば、地上で押し合う群衆を嘲笑《あざわら》うかのように、一羽の鳶《とんび》がゆったりと羽を広げていた。

風を捉《つか》まえ自在に飛ぶ、その様を見て只次郎は思わず「ははっ」と声を上げた。べつに心配することはないのかもしれない。この姪と甥は、只次郎が考えるよりずっとたくましいようだった。

どうにか神殿にたどり着いて、子らに神酒を賜り、御幣《ごへい》で身の穢《けが》れを祓《はら》ってもらう。ずいぶん待ったわりに、参拝はあっけないほどすぐ終わってしまった。

神楽殿《かぐらでん》からお神楽が聞こえてくる。お栄が首を伸ばし、そちらに行きたそうにしていたが、人に疲れたらしい重正は「帰るぞ」と、有無《うむ》を言わせず帰路の列に並ぼうとする。

人混みに慣れていない、只次郎の母やお葉もいるのだから、この行列からは一刻も早く抜け出したほうがよい。分かってはいるが、めったに外には出られぬお栄に、今しばし面白きものを見せてやりたいとも思う。

「兄上」と、再び乙松を肩に乗せた重正に呼びかける。

「お栄が神楽を見たそうにしておりますれば、二人で残ることをお許しくだされ」

「残る？　お主と、栄がか」

振り返った重正の不穏な目つきで、許可が下りぬことを早くも悟った。案の定、兄は「ならぬ」と首を振る。

「お主ら二人を好きにさせたら、なにをしでかすか分からぬ」

信用のないことである。神田明神まで来たのなら、少しくらい花房町の『ぜんや』に顔を出せないかと考えていた只次郎だから、当然の批判ではあるのだが。

「只次郎」

それまでろくに口を利《き》かず、重正の横を歩いていた父親が、急に痰《たん》がらみの声を発した。

「あの居酒屋の女将《おかみ》のことは、もう忘れよ」

唐突《とうとつ》に、なにを言いだすのかと思えば。とてもじゃないが、「はい、さようですか」と応じられることではない。

父は『ぜんや』に通う只次郎を、亀吉に見張らせていたこともある。息子の想い人がこの近くに住んでいることは、百も承知だ。

「なぜそのようなことを」

本意を問うても、再びだんまりを決め込んで応じない。後ろから見ると五十近い父の背中がやけに小さく感ぜられ、只次郎は得体の知れぬ胸騒ぎに襲われた。

四

仲御徒町《なかおかちまち》の拝領屋敷に帰っても、お栄はいつものように庭を走り回ったりはしなかった。宴が始まるまでの間、只次郎の離れに遊びに来たはいいが、晴れ着を汚してはいけないと墨を磨《す》るのさえ嫌がり、大人しく座って論語を読んでいる。

玄関の段差で慣れぬ袴を踏んづけて、さっそく裾を破ってしまった乙松とは、着物に対する思い入れがまるで違う。高価な晴れ着など、そうそう誂《あつら》えてもらえる家ではないのだからなおのこと。体が大きくなっても肩上げを外せば長く着られるので、大事にしてゆきたいのだろう。

ちなみに乙松の袴は、お葉が悲鳴を上げつつ脱がせて手早くかがった。目にも留まらぬ針使いであった。

「お栄は、綺麗な着物をもっと着てみたいとは思わないのかい？」

火鉢で手を焙《あぶ》りながら聞いてみる。お栄は書物から顔を上げ、なにごとかと問うように首を傾《かし》げた。

「つまり、大奥に上がってみないかということなのだが」

下級旗本の出であっても才覚さえあれば、いくらでも出世が適う女の園。自分の足で歩きたいと言ったお栄には、ますますうってつけの場所に思える。通り一遍の武家の女の一生より、おそらく苦労は多かろうが、この子ならうまく渡ってゆくかもしれない。

ところがお栄は只次郎の期待も吹き飛ぶほど、そして白粉の撚《よ》れを気にするのも忘れ、大仰に顔をしかめて見せた。

「公方《くぼう》さまというのは、お幾つにござりましょうか」

「さて、たしかまだ二十歳というお若い方であったと思うが」

「栄はまだ、七つにござります」

歳《とし》がどうしたというのだろう。只次郎は目を瞬《しばた》き、それからふっと噴きだした。どうやらお栄は、公方様の側室に上がるものと思い込んでいるのだ。

「違うよ、お栄。大奥にはもちろん御台《みだい》様やご側室様がお住まいだが、お手つきではないお清《きよ》の者や、そもそも公方様にお目見えすら適わない者が大勢詰めている。その大奥で、働いてみないかという話だ」

「ああ、さようにござりましたか」

お栄は胸に手を当てて、あからさまにホッとした。百俵十人扶持《ぶち》の家から側室にとは、思い上がりもはなはだしい。利口だが世間を知らぬ、歪《いびつ》なところがこの子にはある。

「働くとは、なにをすればよいのでしょう」

歳の離れた公方様の側室になるのは嫌だが、働くことには興味があるのだ。お栄は身を乗り出してきた。

「そうだなぁ、はじめは御半下《おはした》かもしれないが、働きがよければ取り立ててもらえるはずだ。御年寄《おとしより》になるのも夢ではないぞ」

「栄はまだ、当分年寄りにはなりませぬ！」

「役目の名だよ。公方様と御台様を除いて、大奥で一番偉いお方だ」

「はぁ」

そう言われてもぴんとはこなかったようで、お栄はため息のような相槌《あいづち》を洩《も》らした。

御年寄が大奥でなにをしているのか、それは只次郎も分からぬから、講釈を垂れることはできない。中を知らぬ者にとっては、謎《なぞ》多き場所である。

「お栄の歳なら、御女中の部屋子として仕えることもできる。それなら御半下から始めるよりも、いい着物が着られるだろう」

部屋子は直雇《じきやと》いではなく、御女中が自腹で雇う世話係の少女たちである。高貴な女性から行儀作法をしっかりと仕込んでもらえるので、学ぶのが好きなお栄には適しているのではなかろうか。

本人もまんざらではないようで、顎《あご》に指を当て考え込んだ。

「お栄には向いていると思うのだが」

「ですが叔父上は、大奥に伝手があるのでございましょうか」

痛いところを突かれた。さっきまで側室にされるのではと嫌がっていたのに、大奥に上がるにはそれなりの引きが必要なのではないかと気づいたようだ。部屋子にしても、御女中に伝手がなければ送り込めない。

「それはまだ、これから捜そうと――」

只次郎が歯切れ悪く答えると、お栄はやはりという顔をした。

「もう少したしかなお話になってから、教えていただきとうございまする」

手筈《てはず》さえ整えば、お栄にやる気はあるようだ。

「面目ない」と、只次郎は首の後ろを掻《か》いた。

「御免《ごめん》下さいませ」

離れの玄関の戸が開き、やけに他人行儀な挨拶《あいさつ》が聞こえる。下男の亀吉でさえ縁側から声をかけてくるというのに、律義《りちぎ》なことだ。

「あ、母上」お栄が立ち上がり、宴の用意ができたのだろうと、只次郎も後に続く。

玄関に、黒紋付きを着たお葉が立っている。重正に「牛蒡《ごぼう》殿」とからかわれるほど肌の黒い女だ。黒を着てしまうと、顔映りがあまりよろしくない。

「お爺々様が見えましたよ」

「嬉しゅうございます！」

いつもよりしとやかに歩いていたお栄が、柳井殿の到着を知らされて、さっと草履《ぞうり》に足を入れた。子供はたまにしか会えない親戚《しんせき》が好きだ。待ち切れないのか、一人でさっさと離れを出て行ってしまう。

「さ、只次郎様も」

「かたじけない」

お葉に促され、頭を下げた。それこそ亀吉を遣《や》れば済む用事なのに、お葉自らが呼びにくるとは。

「では、火鉢の火を落としてから伺います」

断りを入れて、いったん下がろうとする。その前に、「あの」と呼び止められた。

「はい、なんでしょう」

上がり口の段差に立っているため、只次郎がお葉を見下ろす形になる。お葉はなぜか言い出し辛そうにもじもじしており、しばし気まずい時が流れた。

ひとまず上がってもらったほうがいいだろうか。

そう思案《しあん》していると、お葉がついに眦《まなじり》を決して切り出した。

「栄をあまり、離れに来させないでいただけませぬか」

「はぁ」

「あの子も帯解を済ませましたし、独り者の叔父と二人きりというのは——」

「えっ、私がお栄になにかするとでも？」

「いいえ、まさか。ですが外聞《がいぶん》というものがございますれば」

あまりのことに、二の句が継げない。外聞などと、家族以外の者が見ているわけでもないのにおかしなことを言う。男女七歳にして席を同じゅうせずというが、あれは子供同士のことではないのか。

只次郎とて、お栄の成長を喜びとしてきたのだ。急に疎外《そがい》され、こめかみがカッと熱くなる。

だが一方で、お葉の女親としての心配も分かる気がした。女早《おんなひで》りで部屋住みの叔父を、娘に近づけたい母親はおるまい。

「それは、気が利かず失礼いたしました」

不満をぐっと飲み込んで、只次郎は詫《わ》びを入れた。お葉も心苦しかったのだろう。安堵《あんど》したように表情を緩める。

「可愛《かわい》がってくださっているのは、承知しているのですが」

「以後、気をつけます」

「ありがとうございます。では、後ほど」

お葉が引き戸を閉め、去ってゆく。只次郎は柱に寄りかかり、喉元に手を当てた。息苦しい。自分が誰からも、必要とされていない気がしてくる。

誰が好き好んで、部屋住みなど続けていると思う。婿養子に出なければ所帯も持てぬ、武家の次男だからではないか。林家の禄だけでは、お栄と乙松を養ってゆくのは大変だろうと踏ん張ってきた。それなのに幼子に手を出すならず者のように扱われては、立つ瀬がない。

この上鶯稼業も終わりとなれば、ますます身の遣《や》り場《ば》に困る。

細く長く息を吐き出し、只次郎は頰に自嘲《じちょう》を刻む。ならばせめてこの家から自由にしてくれと思うが、それも外聞とやらが悪いのだろう。

目を閉じると瞼《まぶた》の裏に、翼を広げて飛ぶ鳶の姿が蘇《よみがえ》った。

五

遅れて母屋に赴くと、以前雛の宴を催した奥座敷に、すでに人数分の膳が並べられていた。三月と違うのは、只次郎の父が柳井殿と向かい合わせに座っているところである。冗談の通じぬ相手ゆえ、柳井殿の背筋も心なしか伸びていた。

「あれっ」

膳の上に載っていた寿司を見て、只次郎は目を丸くする。ひと口で食べられる、彩りのよい手鞠寿司だった。

末席に座り、柳井殿に目配《めくば》せをする。柳井殿は頰を歪めて笑い返してきた。

「お義父《ちち》上の心尽くしだ。ありがたくいただこう」

重正が苦々しげに告げ、「嬉しゅうございます」とお栄がはしゃぐ。

やはりお妙の手鞠寿司だ。義理の父の厚意《こうい》とあらば、「余計なことを」と責めるわけにはいかない。久方ぶりの『ぜんや』の料理に、沈んでいた心が浮き立った。

小鰭《こはだ》、海老《えび》、烏賊《いか》、蛸《たこ》、赤貝、薄焼き卵、上品な白身は魴鮄《ほうぼう》だという。たしか笠子《かさご》の仲間で体が赤く、大きな頭が兜《かぶと》を被っているようにも見える。袴着の祝いにちょうどいいと、お妙は考えたのだろう。

酌が回るのをもどかしく待ち、父が箸《はし》をつけたのを見て、只次郎も魴鮄の寿司を口に放《ほう》り込んだ。

「美味しゅうございます！」と身悶えたのは、お栄である。お葉がすかさず「はしたない！」と袖を引いた。

只次郎も危うく「旨い！」と出かけ、口元を押さえてゆっくり味わう。白身だが淡泊というわけではなく、身がしっかりしており旨みが強い。歯応《はごた》えもよく、只次郎は声もなく唸《うな》った。

重正もまた、寿司を頬張り微《かす》かに口角を上げている。旨いのだ。

お妙の料理を何度も食べておいて、なぜこの兄は「居酒屋風情」などと言えるのだろう。その寿司だって、お栄と乙松を想って作ってくれたに違いないのに。相手が町人で、女だから、あたりまえのように下に見ていいと思っている。

やはり兄上とは、相容《あいい》れないのかもしれないな。

稽古をつけてもらっているとき、勉学につき合っていたとき、只次郎は楽しかった。もしかすると幼いころの、仲のよい兄弟に戻れるかもしれぬと期待した。

だがもう重正とは、心の在りようが違っているのだ。大切にしたいもの、尊重したい人、『ぜんや』に通いだす前ならもっと寄り添えたのかもしれないが、只次郎はあまりにも居心地のいい場所を知ってしまった。

すまぬ、お栄。

父と叔父の仲を取り持とうとしてくれた、姪に心の中で詫びる。

重正に対し、怒りはなかった。只次郎は、ただただ悲しかった。

さほど盛り上がることもなく、宴は進んでゆく。主役の一人である乙松は寿司を食べ終えたあたりからこくりこくりと船を漕《こ》ぎはじめ、お葉に抱きかかえられて退席してしまった。慣れぬ外出で疲れたのと、興奮のあまり昼寝をしなかったのが祟《たた》ったのだろう。

お栄もまた、大人の話に入れずつまらなそうにしている。父と兄と柳井殿は、昼の参詣で見た町方の奢侈について語り合っており、さらに派手好みの大身《たいしん》旗本の批判へと移ってゆく。当たり障りのない相槌を返しているだけの柳井殿もまた、つまらなそうだ。

料理が終わり、水菓子として柿《かき》が出た。

甘柿の皮を剝《む》いてただ切っただけのものだが、お栄は大人たちに構ってもらいたかったのだろう。「甘《あも》うござりまするー」と大仰に喜んだ。

「栄、今は大事な話をしているのだ」

だが重正に一蹴《いっしゅう》され、すっかり肩を落としてしまった。

可哀想《かわいそう》に。別室に誘って遊んでやりたいが、先ほどのお葉の様子からすると、それも遠慮したほうがいいのだろう。不自由なことである。

「お栄、お爺々様がかるめいらを作ってやろうか」

同じく退屈していたであろう柳井殿が申し出てくれて、ほっとした。またかるめいらかと芸のなさは否《いな》めないが、お栄が喜ぶならなんだっていい。

「お待ちくだされ、柳井殿。大事な話がござります」

ところがそれも、只次郎の父に阻止された。

黙って聞いていればさっきから、批判と愚痴ばかり垂れ流していたくせに。口を揃えて大事な話、大事な話と、いったいなにがあるというのだ。

「実は近々この重正に家督を譲り、私は隠居しようと思うております」

「へっ？」

初耳だった。只次郎は手にしていた盃《さかずき》を、取り落としそうになった。

「それはそれは、まだお若いのに」

「いやいや、役方とは違い番方《ばんかた》は、公方様をお守りするが務め。近ごろ体の動きが鈍うて、いざというとき役に立ちませぬ」

その「いざというとき」など、もう百年以上来ていないのではないか。白髪交じりの小十人番士など他にもいように、なにを真面目《まじめ》くさったことを言っているのだ。

「聞いておりませぬ！」

黙っていられず、声を上げた。重正とよく似た目で、父は只次郎を睨みつけた。

「なぜお主に相談する必要がある」

「先日の、学問吟味のことがあったからですか。試験などあてにしても無駄だと——」

「そろそろ頃合《ころあ》いだと思った。それだけだ」

重正は、前もって言い含められていたのだろう。少しうつむき、神妙な顔でやり取りを聞いている。

「ですがあまりに急な話で。父上はまだ壮健で——」

「ええい、うるさい。もう決めたこと、口出しはならぬ！」

話はここまでと、決めつけられた。母親も乙松を寝かせて戻ってきたお葉も、無言で顔を伏せたまま。林家の大人の中では、只次郎だけが知らされていなかったらしい。

「それについては只次郎、あの離れは儂《わし》らの隠居家にしようと思う。お主は早急に見合いをせい」

「そんな殺生な！」

「なにが殺生か。これまで好きにさせすぎたくらいだ。そう思わぬか、柳井殿」

「は、まぁ、そうかもしれませぬな」

余禄《よろく》を含めれば柳井殿は林家よりずっと裕福だが、与力は不浄役人と蔑《さげす》まれる身。只次郎の父に否やを言うわけがない。歯切れ悪く同意して、目だけでこちらに詫びてくる。

そうか。だから父は、あの女将のことは忘れよと言ったのか。

重正が家督を継ぎ、総領息子の乙松までいるとなれば、只次郎はもはや用済みだ。その上お葉からは、お栄とあまり親しくせぬよう釘《くぎ》を刺されたばかりである。

厄介払いされようとしている。そう感じた。

「ともあれ重正殿におかれてはめでたきこと。ささ、もう一杯」

「や、これはかたじけない」

「しっかり励むのだぞ、重正」

銚子を手に愛想を振りまく柳井殿と、それを受ける兄、父は若輩《じゃくはい》者を激励する目になっている。

あの輪にはもう、入れぬようだ。

そう思うと生まれ育ったこの家の奥座敷さえ、ひどくよそよそしいものに見えてきた。


「おい、大丈夫か」

縁側から声をかけられて、只次郎は薄く障子を開けた。羽織袴姿の柳井殿が、酒気を滲《にじ》ませ立っている。只次郎は、洩れるため息を抑えきれない。

「はぁ、宴会はもう終わったんですか？」

あまりのいたたまれなさに、水菓子を食べてお先に失礼しますと離れに下がった。それから男ばかり三人で、今まで飲んでいたのだろう。暮れ六つ半（午後七時）を迎え、お開きとなったらしい。

「すまんな、庇ってやれなくて」

柳井殿がいつになく優しいのも、只次郎の悲しみに輪をかける。力なく「いいえ」と首を振ることしかできない。

「だがまっとうな父親なら、ああ言うと思うぞ。お主もほら、もう――いくつだったか」

「二十二です」

「いつまでも、ふらふらしてはおられんからな」

只次郎にとっては理不尽でも、父なりに次男坊の先行きを思ってのこと。己も人の父なれば、柳井殿がそちらの肩を持つのも道理である。

「ですがお妙さんのこともありますし。近江屋さんの狙《ねら》いと重蔵さんの正体が分かるまでは、手を離せませんよ」

「べつにお主がいなくても、旦那衆がしっかり守ってくれるさ。なにせあの御仁たちには桁外《けたはず》れの財力がある」

そう断定されてしまうと、なにも言い返せなくなる。只次郎にできることなど微々《びび》たるもので、さして力にはならない。ただお妙の役に立ちたいと、自分が思っているだけのことだ。

「それでも私は、事があったときあの人の傍《そば》にいたいんです」

「惚《ほ》れてるねぇ」

揶揄《やゆ》するように、柳井殿が調子外れの口笛を吹いた。父や重正の前にいるときとは、まるで別人のようにくだけている。

「ま、ひとまずこれでも食べて元気出しな」

そう言って、手にしていた竹皮の包みを差し出した。紐でしっかりと縛られており、吊《つ》るして持てるようになっている。林家からの土産《みやげ》だと思っていたが、違ったようだ。

「なんですか、これ」

「さぁな。俺はもう帰る。肩が凝っちまったよ、じゃあな」

首をコキコキと鳴らしながら、柳井殿は自ら障子を閉めた。足音が遠ざかってゆき、「さ、どうぞこちらへ」と先導する亀吉の声が微かに聞こえた。

火鉢の前に座り直し、只次郎はさっそく包みの紐を解《ほど》く。中に入っていたのは乱切《らんぎ》りの薩摩《さつま》芋《いも》である。とろりとした餡《あん》がそれに絡み、黒胡麻がぱらりと振られている。

「なんだ、これは」と訝《いぶか》りつつ、ひと切れ指で摘まんでみた。指先がべたべたする。

そのまま口に放り込み、只次郎は「んー！」と目を細めた。

甘い。この甘さはただ砂糖を煮溶かしたのではなく、千歳飴ではあるまいか。

神田明神からの帰り、只次郎は乙松とお栄のために千歳飴をいくつも買い込んで、そのうちのひと袋を「『ぜんや』に届けておくれ」と亀吉に託しておいた。

飴は無事、お妙の手に渡ったのだろう。そして近ごろ『ぜんや』の料理を食べていない只次郎のために、飴を使ってなにか作れないかと考えてくれた。それが今度は、手鞠寿司を取りに来た柳井殿に託されたのだ。

芋と餡を、竹皮で包んで蒸したのだろうか。ほくほくの芋が溶けた餡をよく吸って、蜜《みつ》のようになっている。黒胡麻の香ばしさが甘さの余韻を拭うため、いくつでも食べられてしまう。

お元気ですか。お変わりありませんか。

甘さの奥からお妙の気遣うような声が聞こえてきて、胸の奥が締めつけられた。自分こそ、今大変な時期なのに――。

竹皮に残った餡を指で掬い取って舐《な》めながら、只次郎は身の内を震わせる。お妙への想いが溢れ出て、もはや止められそうになかった。

六

家中が寝静まるのを待ってから、只次郎は提灯《ちょうちん》を持って、潜り戸からそっと抜け出した。

ただ今、宵五つ半（午後九時）。花房町まで行ってお妙と少し話し、町木戸が閉まる前に戻って来られるはずだった。

なぜだかやけに寂しくて、あの人の顔を見ないことには今夜は眠れそうにない。只次郎は首筋を北風に撫でさせつつ、ひたすら南へと歩いてゆく。頭の中が火照《ほて》っているせいか、寒さはあまり感じなかった。

神田川のせせらぎが聞こえる。『ぜんや』の建物が見えてくると、自然と頰が緩んでしまう。白い息を吐きながら只次郎は足を急がせ、入り口の木戸に取りついた。

すでに戸締りがされていて、戸は引いても動かない。だが明かり取りの障子窓からは、行灯《あんどん》の薄明かりが洩れている。

「お妙さん、お妙さん」と呼びながら、ほとほとと戸を叩《たた》いた。

中で人の動く気配がする。つっかい棒が外されて、そっと開いた戸の隙間《すきま》から、美しく澄んだ瞳《ひとみ》が覗《のぞ》いた。

「まぁ、林様」

お妙は心底驚いた様子だった。外から吹き込む風に身を縮め、「どうぞ中へ」と通してくれた。

「どうなさったんですか。寒かったでしょう」

只次郎を床几《しょうぎ》に座らせ、火鉢の炭を掻き起こす。炎を映してほんのりと頰が染まり、襟から覗くうなじの白さとの対照が艶《なま》めかしい。

お妙の纏《まと》う温《ぬく》もりが愛《いと》おしく、顔を見れば落ち着くだろうと思ったのに、下腹あたりがよけいにざわめいている。華奢《きゃしゃ》なその身を折れるほど抱きしめたい衝動に駆られ、これはまずいと冷や汗をかいた。

今夜はここに、来ないほうがよかったのかもしれない。お妙に触れたいと思う、欲を抑えるのが難しい。その柔肌に顔を埋《うず》め、噎《む》せるほど香りを吸い込みたい。

冷えた袴をぎゅっと握る。その腕が、葛藤《かっとう》に震えている。

「あら、震えていますね。お酒でもつけましょうか」

只次郎の常ならぬ様子に戸惑いもあろうに、お妙は変わらず微笑みかけてくる。

「いいんですか」

「ええ。竈《かまど》の火は落としてしまいましたが、七厘《しちりん》の始末はまだしておりませんし。残り物しかありませんが」

今から酒など飲んでいては、家に帰る前に町木戸が閉まってしまう。いきおい『ぜんや』に泊まることになるのでその意味での問いかけだったが、お妙からはちぐはぐな答えが返ってきた。

「では、お願いします」

ただが只次郎は、誤りを是正しなかった。なるようになればいいという、投げ遣《なや》りな気持ちもあった。こんな夜遅くに訪ねてきた男を通したのも、帰れなくなるまで引き留めたのもお妙なのだ。なにがあっても文句を言われる筋合いはない。

只次郎に火鉢を使わせ、お妙はいったん見世棚《みせだな》の向こうの調理場に引っ込んだ。それから火の入った七厘を運んできて床几に置き、自らもその横に腰掛ける。

「こちらでやったほうが、暖かくなりますからね」

七厘に水の入った小鍋《こなべ》をかけ、二合の燗徳利《かんどつくり》を沈めた。

用心棒の重蔵は、とっくに裏店《うらだな》に帰ったのだろう。お勝もおらず、二人きり。炭がパチパチと火の粉を飛ばす、その音がやけに響く。

「いただいた芋、とても旨かったです」

「そうですか。よかった」

盃や小皿、箸を用意し、お妙が小鉢を差し出してきた。こっくりと飴色になるまで味が染みた大根である。

「冷めていますから、少し焼きましょうか」

七厘をもう一つ持ってきて、そちらには網を載せる。そしてそのままでも充分旨そうな大根を炙《あぶ》りはじめた。

醤油の焦げるにおいが鼻をくすぐり、夕餉も芋も食べたのに、だんだん腹が減ってくる。上下を返し綺麗に焼き目をつけてから、お妙はそれを再び小鉢に盛った。

「どうぞ」

火鉢と七厘に囲まれて、体もいくらか温まった。大根は箸がすっと通るほど柔らかく、ひと切れ含めば香ばしさと、甘辛い出汁で口の中が洪水になる。外側は熱々だが真ん中はまだ少し冷たく、温冷二種類の出汁が混じり合うのである。

「ふまっ！」

とろとろの大根に邪魔されて、もはや「旨い」とすら言えない。ちょうど燗がついたようで、お妙が徳利を目の高さに持ち上げて見せた。

美人の酌で酒を飲む。最後に舌に残った大根のほろ苦さを、酒が浚《さら》って香気だけが鼻に抜けた。

「お妙さんも飲みませんか」

「いえ、そんな」

「店はもう終わったんでしょう」

「では、少しだけ」

只次郎の酌を、お妙が受ける。そこそこいける口なのは、花見の席で知っている。恥じらうように色づく耳朶《じだ》を、そっと噛みたい心地がする。

「お家のほう、大変だったみたいですね」

　お妙は大根を焼き終えた網に、表面をさっと拭いた昆布を置く。なにをするのだろうとぼんやり眺めていた只次郎は、お妙の発した言葉を咀嚼《そしゃく》し、ぎょっと目を剝いた。

「え、なぜ知っているんですか」

「帰りがけに、もう一度柳井様が寄ってくださったんです。お見合い、なさるんですってね」

「しません、しませんよ！」

「乗りかかった船と思ってらっしゃるのかもしれませんが、私のことはお気になさらないでください。やはり林様を巻き込むべきではなかったと、悔いております」

「だから、しません。だって私は――」

　お妙さんが好きなんです。そのひと言が、往生際悪く喉につかえた。これを言ってしまったら、本当に後には引けない。

　酒のせいか小首を傾げるお妙の仕草がいやに幼く、只次郎は腹の底にぐっと力を入れて欲を押し込める。

「私は、商人になりたいんですよ」

「ふふ、そうでしたね」

　お妙は可笑《おか》しそうに、唇の先で笑い声を転がした。菜箸《さいばし》を取り、手を動かしながら喋る。

「お武家様のお家のことはよく分かりませんが、ご尊父様に林様の思いが伝わるといいですね」

今日の様子を見るかぎり、父や重正とは未来永劫《えいごう》分かり合える気がしない。それでも望んでいいのだろうか。この息苦しさをかなぐり捨てて、のびのびと羽を伸ばせる日が来るのだと。

「すみません、お妙さん」

「なにがですか?」

柳井殿から事情を伝え聞いていたからこそ、お妙は只次郎を中に入れたし酒も出した。そこにあったのは真心だけだったのに、都合のよい解釈をしようとした己が恥ずかしい。いざとなれば意気地《いくじ》がないくせに、捨て鉢になったつもりでいた。

お妙はそんな気持ちで手を出していい女ではない。大事な大事な人なのだ。『ぜんや』にまで居場所を失ったら、もはやどこにも救いがない。

守らねばとあらためて思った。お妙と、香ばしいにおいのするこの店を。

まったくもって、香ばしい。只次郎は鼻をひくつかせた。

「お妙さんそれは、牡蠣《かき》ですか」

「はい、松前焼《まつまえや》きです」

松前藩の名産ゆえに、昆布は俗に「松前」と呼ばれる。お妙はその上にぷっくりとした牡蠣を並べ、酒でゆるめた赤味噌《あかみそ》を回しかけていた。

手間はかかっていないのに、そのなんと旨そうなこと。ふつふつと沸く味噌の端が焦げつきそうになったころに軽く混ぜ、頃合いを見て昆布ごと皿に上げる。

只次郎はその前にもう箸を取っていた。

「ああ、こりゃたまらん！」

眉根《まゆね》をきゅっと寄せ目をつぶる。肉厚の身から、海の滋養を煮溶かしたような汁が滲み出てくる。さらに昆布の旨みまで染み込んで、味の濃い赤味噌相手に一歩も引けを取らなかった。噛むごとに味が馴染《なじ》んでゆき、飲み込んだ後も尾を引いている。その余韻を楽しみつつ酒を啜れば、気分はまさに極楽であった。

「少しは元気が出ましたか？」

「いやはやこれは、出すぎですよ」

箸を置くことも適わず、二つ三つと平らげる。体が中から温まり、強張っていた肩がほぐれてきた。

「落ち込んでいるときは、お腹《なか》に温かいものを入れるといいんですって。お勝ねえさ

ん の受け売りですけど」

静かな微笑みを浮かべつつ、お妙が酒を注《つ》ぎ足してくれた。この美しい人も、身の引き裂かれそうな夜をいくつも乗り越えている。だからこそ、今夜只次郎に手を差し伸べてくれたのだ。

自分の盃にも酒を足し、口元へ運ぶ仕草はまるで三々九度の花嫁のよう。そんな日もいつか——、来るわけないかと只次郎は首を振った。

「温かいもので思い出しました。魴鮄のあら汁が残っているんです」

「魴鮄!」

思わず魚の名を鸚鵡《おうむ》返《がえ》しに叫ぶ。魴鮄の手鞠寿司、あれは実に旨かった。

「ぜひいただきます!」

そんなものがあるとほのめかされて、只次郎に断れるわけがなかった。

魴鮄のあらから出た出汁は上品で爽《さわ》やか、かつ深みがあり、じわりと口の中に行き渡ってゆく。味噌は出汁の風味を邪魔せぬ程度に薄く溶き入れられており、かといって味が物足りないということはない。

「ああ、胃の腑に染みます」

湯気に誘発された洟《はな》を拭き、只次郎は恍惚《こうこつ》の笑みを浮かべた。

腹が温まるどころではなく、指先にまで血が巡っているのが分かる。あらの骨ぎしに残る身まで、むきになってこそげようとしてしまう。

「いいですねぇ、魴鮄」

椀《わん》の中に骨以外残っていないのをたしかめて、最後に腹の底の力を抜く。血の巡りがよくなったせいか、そこに押し込めてあった醜い欲は、もう跡形もなくなっていた。

「ご存じですか、魴鮄という名前の由来」

「えっ、いきなり謎々《なぞなぞ》ですか」

おそらくほろ酔いなのだろう。只次郎に問題を出し、お妙はにこにこと笑っている。

「ええっと、ほうぼう、ほうほう、はうはう——。もしかして、這《は》って進むことができるとか？」

「ちょっと、なんで言い当ててしまうんですか」

当てずっぽうが、ど真ん中に当たってしまったようだ。実は負けず嫌いのお妙は、

「せっかく今日、魚河岸《うおがし》の『カク』さん『マル』さんに教えてもらったのに」と悔しげである。

「カク」と「マル」は二人とも、魚河岸の仲買人でお妙とは親しくしている。魴鮄は

胸鰭《むなびれ》で海の底を歩いて移動しているそうだ。胸鰭の一部が、まるで六本の細い足のようになっているというから驚きである。

「歩くんですか、魚なのに？」

底を這う魚なら、ハゼなどもそうだ。だが魴鮄の動きは、それらと違ってまさに歩いているとしか言いようがないという。

——栄は自分の足で歩きとうござります。

ふいに頭に浮かんだのは、今日の昼間のお栄の言葉だ。魚でも歩く者がいるくらいなのだから、元々歩くようにできている人が、なにを躊躇《ちゅうちょ》することがあろう。

只次郎は袴に覆われた、己の膝《ひざ》を軽く叩いた。いつか来るかもしれぬ日を待つのではなく、その日に向かって歩くのだ。そうだまずは、あの家を出よう。

町木戸が閉まる、夜四つ（午後十時）の捨て鐘が鳴る。お妙が「あら」と立ち上がった。

「すみません、遅くまでお引き留めしてしまって。小上がりに布団を敷きますので、よろしければ」

小《こ》半刻《はんとき》（三十分）前の只次郎ならば、泊まっていくよう勧められたりすればもう、動悸《どうき》が治まらなかったことだろう。だが今は、頭の中が新たな思いつきに占められており、それどころではなかった。

「いいことを考えましたよ、お妙さん。私、草間殿の部屋に居候します」

「えっ？」

「家出という口実で転がり込むんです。ならば草間殿に疑われることもなく、見張りができるではないですか」

林家の家督相続周りのごたごたについては、柳井殿の説明を重蔵も聞いていたことだろう。

見合いを嫌い、お妙を頼って逃げてきたものの、女一人が暮らす家に世話になるわけにはいかない。ゆえに草間殿、お願いつかまつる。頭の中に、重蔵を言いくるめるための文句までできてゆく。

お妙が呆気に取られているのは分かるが、只次郎は高揚していた。善は急げと立ち上がり、勝手口に足を向ける。

「しばし草間殿と話してまいります」

「待ってください、林様。おそらくもう寝ていますよ」

軽やかに歩きだした只次郎の背後から、慌てたお妙が追いかけてきた。

鬼打ち豆

一

蒸籠《せいろ》の蓋《ふた》を持ち上げると、芳《かぐわ》しい湯気がふわりと頰《ほお》をくすぐった。

乾燥しがちな冬とはいえ、銅壺《どうこ》や鍋《なべ》が常に沸いている調理場では、心なしか肌が潤《うるお》うようだ。特に蒸し物は湯気自体が濃密で、身の回りを包まれると幸せな気分になる。

「あちち」と小さく呟《つぶや》きながら、お妙は布巾《ふきん》を使って蒸籠から小鉢を取り出した。具材の海老《えび》が赤く色づいているのを見て、その上から醬油《しょうゆ》で味つけした餡《あん》をかける。下ろし山葵《わさび》を添えて、小上がりへと運んでゆく。

「おお。これはこれは、旨《うま》そうな」

泰然《たいぜん》と座っていた大伝馬町菱屋のご隠居が、首を伸ばして覗《のぞ》き込んだ。

蓮根蒸《れんこんむ》しである。

擂《す》り下ろした蓮根の水気を切り、ぶつ切りにした海老を加え混ぜて蒸したものだ。つまり蕪蒸《かぶらむ》しの蕪を蓮根に変えただけ。これもまた、もっちりとして美味である。

「ううん、蓮根の滑らかな舌触りと、海老の歯応《はごた》えが楽しいですねぇ」

ご隠居と向かい合わせに座っていた本石町《ほんごくちょう》俵屋は、ひと口含んで目を細めた。蓮根には片栗粉を振り入れてあるため、口当たりがいい。

「あったまりますねぇ。もうすぐ寒明けとはいえ、今日も冷えます」

ご隠居が小鉢を手にしたまま首をすくめる。いささか爺《じじ》むさい仕草《しぐさ》であった。

師走《しわす》もすでに二十日となり、今年も押し詰まってきた。お事始めも煤払《すすはら》いも終わり、正月に入り用なものを購《あがな》うとて、あちこちの神社仏閣には歳《とし》の市が立つ。

今日と明日は神田明神の歳の市。そこから流れてきた客が冷えた体に一杯引っかけようと『ぜんや』に立ち寄るため、昼から大忙しであった。酒に酔えば買ったばかりの荷物を置き忘れてゆき、慌《あわ》てて後を追いかけたのも一人や二人ではない。

日が暮れかけてその人出もようやく落ち着き、ほっとひと息ついたころ、まずは菱屋のご隠居が、それから俵屋がやってきた。

お妙の身を案じ、『ぜんや』に持ち回りで顔を出そうという取り決めはまだ生きている。主人の座を退きもっとも暇のあるご隠居が負担を被《こうむ》ることが多く、さすがに申し訳なくて「もはやお気遣いなく」と遠慮したのだが、ご隠居は「新たな気がかりができてしまいましたから」と言って聞かない。

その「新たな気がかり」とやらは今、二階の内所に籠《こも》っていた。

「ホー、ホケッ！」

微《かす》かに聞こえた鳥の声に、床几《しょうぎ》にいた一見《いちげん》の客が顔を上げる。

勝手口の傍《そば》で黙々と根付《ねつけ》を彫っていた用心棒の草間重蔵も手を止めて、ちろりを運んできた給仕のお勝はにやりと笑った。

「今、鳴いたね」

完全でないとはいえ、鶯《うぐいす》の声である。

二階に二部屋あるうちの、元は良人《おっと》の善助が使っていたほうで、林只次郎が鶯稼業に精を出しているところだった。

兄の家督相続に伴って、父から見合いをするよう命じられた只次郎はそれを嫌い、目下家出中の身である。というのは一応建前で、裏店《うらだな》に住まう重蔵と寝起きを共にし、その行動に不審な点はないかと見張っている。重蔵が材木問屋の近江屋と裏で手を握っているのなら、いずれ馬脚《ばきゃく》を露《あらわ》すだろうと踏んでいるのだ。

「お願いします、草間殿。ご迷惑は承知なれど、他《ほか》に頼るあてもなく。どうか武士の情けで置いてくだされ」

哀れっぽく訴える只次郎は役者さながらで、重蔵の手にそっと小粒を握らせるほど抜け目がなかった。口下手な重蔵はその小粒を突き返すこともならず、唯々諾々《いいだくだく》と従ってしまったというわけだ。

ところが只次郎の家出は、身一つで済むものではなかった。なにしろ鶯を、雛《ひな》も含めて七羽も飼っている。しかも師走となれば人様の鶯を預かり、正月朔日《ついたち》までには鳴くように仕向ける「あぶり」の仕事があるのだ。

三尺（約九〇センチ）の土間と四畳半のひと間があるだけの裏店に、大の男二人が起き伏しするだけでも狭苦しいのに、さらに鶯まで十数羽もいるとあっては目も当てられぬ。しかもその中には十両の値がついてもおかしくはないと噂《うわさ》される、名鳥ルリオまでいるのだ。

裏店の面々を疑うわけではないが、昼間には人気のなくなる部屋にそんなものを置いておくのは不用心。ならば二階の内所で預かろうと、お妙が申し出たのだった。

「まったく、不用心はお妙さんのほうですよ。林様とて男なんですからね。内所に出入りさせるなんて、つけ上がらせるだけじゃありませんか」

ご隠居の「気がかり」とは、つまりそれである。お妙の厚意《こうい》に甘えた只次郎が無体を働かぬよう、釘《くぎ》を刺しにくる。鶯の世話以外では一切《いっさい》内所に立ち入らぬことと、口やかましく言い聞かせている。

「でもまぁ『あぶり』の進み具合がよく分かりますから、私なんぞは助かりますがね。

お武家様のお屋敷に、なかなか訪ねては行けませんし」

俵屋は、只次郎に鶯を預けているくちである。新年早々店先に、鶯の美声を響かせたいと考える御仁は多い。だがご隠居のごとく道楽にばかり時を使えるわけもなく、そこで只次郎の出番となるわけだ。

「順調なようだねぇ」

もうひと声、歪《いびつ》な鳴き声が聞こえてきて、お勝が二階へと続く階段を見上げる。

内所を貸すようになって、お妙にも只次郎たちが口にする「あぶり」がどのようなものか分かってきた。鶯というのは日が長くなってくると、「ホーホケキョ」という本鳴きに入るらしい。ならば日没前から行灯《あんどん》に火を入れて、まだ暮れていないと思い込ませればいいわけだ。

言われてみれば簡単なこと。誰《だれ》にもできそうに思われるが、難しいのは鶯の健康を害せずに、体内の時だけを狂わさねばならぬところ。そのため只次郎は細心の注意を払い、「あぶり」の長さを加減しているそうである。

「今年は年内節分ですから、まだ楽だとおっしゃっていましたよ」

お妙は空いた器を下げながら、只次郎から聞き齧《かじ》ったことを口にする。

今年は閏年《うるうどし》ゆえ季節が前にずれており、十二月のうちに節分がくる。その翌日が立春で、普通はそれ以降に鶯が鳴きはじめる。

ならば「あぶり」を入れなくとも、新年から鳴くのではないかというのは素人考えのようだ。鳴きはじめはまだ喉が本調子ではなく、満足のゆく声ではないらしい。

「林様はね、そのへんのさじ加減がお上手なんです。鶯なんざ十羽いれば体の調子も癖もみんな違うでしょうに、一羽一羽の具合をよく見て仕上げてきなさる。観察に優れているんでしょうな。ですからまぁ、お妙さんにその気がないのもよく分かってお
られますよ」

「そうは言いますがね、あの方まだ二十二じゃありませんか。その歳でね、身の内に滾《たぎ》るものを、抑えられると思いますか」

「そのころのご隠居さんは、まだ手代だったでしょう」

「ええ、そうですよ。周りの奉公人も男ばかりでしたから、欲なぞ湧《わ》きようがないと思うでしょう。ですがね、大根の白い肌を見てさえ妖《あや》しい気持ちになってしまうんです、あの歳ごろってのは」

俵屋とご隠居は、いったいなにを言い合っているのだ。

只次郎が内所に出入りするようになって、裏店に住まうおえんにも散々探りを入れられた。重蔵のことまで引き合いに出し、「お侍さんと浪人さん、けっきょくどっち

とできてんだい？」と迫ってくる。

なにも知らないおえんはともかく、ご隠居と俵屋はお妙が色恋に構っている場合でないことくらい承知のはず。良人の死にかかわりがありそうな近江屋の調べも進んでおらず、不安が常に胸の内にくすぶっている。

「やめてください。林様から見たら、私なんかもう年増《としま》ですよ」

だからやんわり、注意を促す。

ご隠居は俵屋に目配《めくば》せをして、「これだから心配なんです」と囁《ささや》いた。


「お妙ちゃあん。悪いんだけどさ、芋の煮っころばしでも分けてくれないかい。お菜をうっかり焦がしちまってさ」

一見の客が勘定を払って帰らんとするころに、勝手口が開き、おえんが大きな胸乳《むなち》を揺らして入ってきた。近ごろますます貫禄《かんろく》が増し、歩く姿は相撲《すもう》取りのようである。

「あらまぁ大変。芋は共和《ともあ》えにしてありますが、それでよければ」

「もちろんさ。お妙ちゃんの共和えは、うちの亭主も好物だからね」

戸口まで客を送り出してから、おえんの持参した角鉢《かくばち》を受け取る。共和えは煮ころばしにした里芋の半分を潰《つぶ》して衣にし、和えたものだ。『ぜんや』ではお馴染《なじ》みの料理である。

「物騒だねぇ。頼むから火は出さないどくれよ」

この季節、もっとも怖いのは火事である。ちょっとしたぼやでも乾いた風に煽《あお》られて、燃え広がらないともかぎらない。お妙もふた親を火事で亡くしている。

「あれ、そういや行灯の始末してきたっけ」

「ちょいと、おえんさん」

「嘘《うそ》だよ、お勝さん。亭主が家にいるから大丈夫さ」

冗談にしても心臓に悪い。おえんはへらへらと笑いながら、根付を彫る重蔵の手元を覗き込む。

「おや、獅子頭《ししがしら》かい。もうそんな時分なんだねぇ」

獅子舞は正月だけでなく、節分の夜にも江戸市中を練り歩く。どちらにせよ目出度《めでた》い縁起物。芋を盛った角鉢をおえんに差し出しながら、お妙も根付に目を遣《や》った。

「ちゃんと口が開くようになっているんですね。凝ってますねぇ」

褒《ほ》められて照れたのか、重蔵はいささか決まりが悪そうだ。その手先の器用さには、毎度感心させられる。

只次郎が重蔵と暮らすようになって、はやひと月。傍《はた》で見ていても重蔵が一人で出かけたり、怪しげな誰かと接触している様子はないという。そもそも只次郎に同居を請われて突っぱねなかった時点で、お妙は重蔵を白なのではないかと思っている。

「本当に器用だね。アタシが彫ったら化け猫になっちまいそうだ」

お勝までが重蔵を囲み、そう言ったときだった。

「フギャーッ！」

化け猫もかくやという鳴き声が、二階から聞こえてきたのである。

続いてどたんばたんと駆けまわる音、なにか物が倒れる音、只次郎の「うわぁ！」という悲鳴までが響いてくる。

なにごとかと、お妙は身を翻した。草履《ぞうり》を脱いで階段に足をかける前に、只次郎らしき影が階上からひょっこりと顔を出す。

「いやぁ、参りました。少し風を入れようと窓を開けたら、こいつが飛び込んできましてね」

ぼんやりと白く浮かび上がるものを手にし、足音を立てて下りてくる。行灯の明かりが届くところまで来て、それははっきりと猫の形を取った。

「まぁ、シロじゃない」

以前『ぜんや』に出入りして、餌《えさ》を無心していた白猫である。今年の春先から姿を見せず、河岸《かし》を変えたか、それとも人知れず死んでしまったか、猫とはそういうものだと思い定め、気にせぬよう振舞ってきた。

首根っこを捉《とら》えられてもなおふてぶてしい顔つきは、あの白猫に間違いない。

「えっ。シロって、あのシロですか」

自分で名前をつけておいて、忘れているのだから結構なことだ。只次郎は手に提げた猫に顔を近づける。

「シャーッ！」

シロは牙《きば》を剝《む》いてめいっぱい威嚇《いかく》し、前脚を振り下ろした。只次郎が「あ痛っ！」と顔を押さえた拍子に、とんぼを切って小上がりに降り立つ。

「おおっと！」

俵屋がとっさに手を伸ばし、上から首根っこを押さえた。

「すみません、俵屋さん、ご隠居さん」

猫が足をひっかけたせいで、盃《さかずき》がひっくり返る。着物にかかっていないだろうか。お妙は慌てて布巾を取った。

「いやいや、大丈夫。でもこいつは、猫にしては動きが鈍いですね」

シロは俵屋の手から逃れようともがいているが、たしかに動作がもたついている。

頬にくっきりと三本の痕《あと》をつけた只次郎が、「えっ、それに引っかかれた私の立場は？」と眉尻《まゆじり》を下げた。

「手を傷つける前に、これを被せちまいな」

お勝が前掛けを外し、投げて寄越す。それを受け取ったおえんがシロを包み込もうとして、「あれっ」と目を見開いた。

「この子、腹がやけに大きくないかい？」

言われてみれば体の大きさに比して腹が異様に膨れており、まるで獲物《えもの》を飲み込んだ蛇のようである。

そういえばシロは、雌《めす》だった。

二

「豆殻、柊《ひいらぎ》、赤鰯《あかいわし》ヨ〜」

どこからともなく、赤鰯売りの声がする。

二十三日、節分の朝である。この日は豆の枯れ茎を柊に添え、塩鰯を刺したものを家の戸口に飾り魔除《まよ》けとする。その飾りを売り歩いているのだ。

節分といえば豆撒《まめま》きだが、それは日が暮れてから。店や家族のある者はその儀式に忙しく、おそらく今夜の『ぜんや』は暇だろう。だがお妙は張り切って大鍋を出し、けんちん汁を作っていた。

鍋に胡麻油《ごまあぶら》を熱し、牛蒡《ごぼう》、蓮根、人参《にんじん》、大根と、硬い順に炒《いた》めてゆく。下茹《したゆ》でして手でちぎった蒟蒻《こんにゃく》と、干し椎茸《しいたけ》の戻したのも入れ、醬油で下味。椎茸の戻し汁と昆布出汁をたっぷり注いだら、野菜が柔らかくなるまでことことと煮込んでゆく。

根菜から出るほのかな土の香りを胸いっぱいに吸い込んで、お妙は鍋にいったん蓋をした。野菜が煮えたら豆腐を手で潰して加え、醬油で味を調えてから、最後に小松菜を入れてひと煮立ち。腹の底から温まる、けんちん汁の出来上がりまで今しばしである。

「あの、お妙さん」

まだ料理がなにも並んでいない見世棚《みせだな》越しに声をかけられ、振り返る。重蔵が、布巾をかけた笊《ざる》を手にして立っていた。

「お勝手の外で、蒟蒻が凍っていたのだが」

なぜこんなものが、外にあったのか分からないという顔つきだ。

「ああ。それは昨日寝る前に外に出して、凍らせておいたんですよ」

お妙は腕を伸ばし、重蔵から笊を受け取る。明け方の冷え込みが厳しかったせいか、ひと口大にちぎっておいた蒟蒻はいい具合に凍っていた。

「なんのために、そんなことを」

解《げ》せぬ、という文字が重蔵の顔に浮かんで見える。お妙はふふっと唇の先に笑みを乗せた。

「これがどうなるかは、後のお楽しみとしておきましょう」

重蔵の反応が面白く、ついもったいぶってしまった。

「ああ、出汁のいいにおいがしますねぇ。すっかり腹が減ってしまいましたよ」

鶯の世話が終わったのだろう。只次郎が腹をさすりつつ、二階から下りてくる。自分の朝飯より先に、すり餌《え》を作って与えるのが日課らしい。引越しに伴い周りの景色が変わったせいか、しばらくはルリオの食が細くなり心配していたのだが、元通りに食べるようになったそうでひと安心である。

「ちょうど皆さん揃《そろ》いましたから、朝ご飯にしましょうか」

『ぜんや』の朝飯は、前日の残り物を工夫するため、豪華である。今朝は鰤《ぶり》のあら炊《だ》き、芹《せり》の胡麻和え、昆布出汁に若布《わかめ》と梅干しを入れただけの梅若汁《うめわかじる》、残っていた飯は芋粥《いもがゆ》にした。

「うまぁい！」

朝から只次郎のこの声を聞くのも、まだ新鮮である。

「梅若汁っていうんですか。とても素朴な味なのに、若布からも梅からもどんどん出汁が出て、奥深いですよねぇ。朝の体に染みてゆきます」

そのとおり、この汁は寝起きがいまひとつだったり、酒が残っていたりするときにちょうどよく、朝餉《あさげ》に作ることが多い。酔客にとっては癖のない味が物足りないのではないかと思い、店には出していなかった。

只次郎は朝飯もよく食べる。芋粥に鰤の身をほんの少し混ぜて啜《すす》るとさらに旨いだの、芹が口の中をすっきりさせてくれるだの、朝から酒が飲みたくなってきただの言いながら箸《はし》を進める。黙々と食べて、最後に「旨かった」とだけ言う重蔵とは対照的である。

熱い番茶で茶碗《ちゃわん》を濯《すす》ぎ、飲み干してから只次郎は「ご馳走《ちそう》さまです」と手を合わせた。折敷《おしき》の上の器には、身を綺麗《きれい》にこそぎ取られた鰤の骨と、梅干しの種しか残っていない。

「なんだかここに移ってから、旨い飯ばかり食べているので太りそうです」

只次郎からは一日三食分の金を渡されているため、お妙もきっちり食べさせねばと思ってしまう。満足気に目を細めるその顔は、日溜《ひだ》まりで眠る猫を連想させた。

そうだ、シロにも朝餉をやらなければ。

「重蔵さん、ちょっとおえんさんのところに行ってきます。竈《かまど》の火を見といてくれますか」

味つけをする前に小皿に取り分けておいた鰤のあらは、猫の舌でも食べられる程度に冷めていた。


襤褸《ぼろ》を敷いた木箱の中で丸まっていたシロは、お妙が近づくより先に魚のにおいを感じ取ったか、耳をピクピクと動かして起き上がった。

重たげな腹を庇《かば》うようにゆっくりと、木箱の縁を跨《また》ぎ越す。鰤のあらが載った小皿を置いてやると、用心深く鼻を近づけ、やがてかつかつと音を立てて食べはじめた。

「あーあ。猫でさえ腹ぼてだってのに、なんでアタシにゃいつまで経《た》ってても子ができないんだろうねぇ」

畳にごろりと横になり、腕枕《うでまくら》でその様子を眺めていたおえんが重苦しいため息をつく。シロが身重と分かってから、この嘆きも幾度目になるか分からない。

「お勝さんには肥えすぎなんだって言われたけどさ、どう思う。痩《や》せたほうがいいのかなぁ」

左官の亭主はすでに仕事に出たようだ。朝餉に使った器は放《ほ》ったらかしで、寝そべるおえんはまるで海豹《あざらし》のよう。いくらなんでもだらしがない。あまりにも旨そうに食べてくれるため、おえんにはつい料理を勧めてしまうのだが、この調子では食べたものがすべて身についてしまう。

「あんまり肥えていると少なくとも、体には悪いですよ」と、お妙はつい苦言を呈してしまった。

体というのは気、血、水が隅々にまで巡ってこそ、健やかさを保てるものだ。肥満というのはそのどれか、もしくはすべてが滞《とどこお》っていると考えられる。ならば子ができにくくなるというのもありえる話だ。

「そうなのかなぁ。お猫様にあやかれるといいんだけどねぇ」

おえんはそう言って、一心に鰤のあらを食べ続けているシロの、膨れた腹に目を遣った。

どこをほっつき歩いてきたかは知らないが、いずこかの雄猫《おす》と恋をして子を授かったシロは、安心してお産ができる場所として、『ぜんや』を思い出したのだろう。なにしろ魚のあらや煮つけといったいいものを食べさせてもらえるのだから、子を養うための滋養にはこと欠かない。

だが生憎《あいにく》、今は只次郎の鶯が内所にいる。シロは襖《ふすま》を勝手に開けることができるため、危なっかしくて置いてやれない。

どうしたものかと悩んでいると、おえんが「だったらうちで預かるよ」と手を挙げてくれた。

猫というのはたいてい三匹から五匹くらいの子を産むものだ。子宝に恵まれず悩んでいたおえんは、その子沢山にあやかれないかと考えたらしい。

「山王《さんのう》様にもお参りしてさ、お札ももらってきたってのに、ちっともできやしないんだもの」

拗《す》ねたように唇を尖《とが》らせ、おえんは朝飯を終えたシロの眉間《みけん》をくすぐる。山王様とは山王祭で有名な、永田町《ながたちょう》の山王権現《ごんげん》である。公方《くぼう》様の産土《うぶすな》神で、子授けの御利益があることでも知られていた。

子は授かりものというだけあって、神仏に縋《すが》りたくなる気持ちは分かる。だがおえんの場合は神頼み、猫頼みの前に、やれることがあるはずだった。

「あの、おえんさん。やっぱり少し、目方を減らしましょう」

まずは体を、子の宿りやすい状態に整えるのが先決なのではないか。そう思ったら、口に出ていた。

「ともあれもっと、動いたほうがいいです。動けば血の巡りがよくなりますから、歩きましょう」

「はぁ、歩くのかぁ」

おえんはいまひとつ気乗りしていないようだ。根っからの運動嫌いなのだろう。

それでもここで踏ん張らねば、一生子を授からぬかもしれない。お妙だって、いつかおえんの子を抱いてみたいのだ。

「私も肥満にいい食べ物など調べてみますから、やってみましょうよ」

「う〜ん、そうかねぇ」

おえんは意地でも「やる」とは言わない。生返事でやり過ごそうという意図が見え隠れしている。

「なんてぇかこう、煎《せん》じて飲むだけで痩せる薬草ってのはないのかね」

ついにはなんの努力もせずに、痩せる道はないかと尋ねてきた。

馬にどれだけ鞭《むち》打っても、走る気がないならしょうがない。

お妙は静かに首を振り、空になった小皿を持って立ち上がった。

三

昼を過ぎると早朝からの仕事を終えた魚河岸の男たちが、その日の稼ぎを手にしてやってくる。仕事柄か性質の荒いところもあるが、もはや大半が顔見知り。酔って喧《けん》嘩《か》に発展しかけても、必ず誰かが止めてくれる。

そんな仲だからひと所で持ち上がった話題が、店全体に広まってしまうこともある。

「えっ、子を授かりやすい食べ物だって？」

日本橋の仲買人である「マル」が、ただでさえ丸い目をまん丸にした。

連れの「カク」も、つられて角ばった顔を強張《こわば》らせる。

「なんだって。お妙さん、子供が欲しいのかい」

「へっ、子供？」

「そりゃあまぁ、そこそこいい歳だもんな」

「もしや相手はこの兄さんかい？」

湖面に小石を落としたように話の輪が広がってゆき、ついには小上がりで客と車座になっていた只次郎が、指を差されて立ち上がった。

「子供？　えっ、なに。どういうことです」

　ちょっと考えればおえんのことだと分かりそうなものなのに、顔を真っ赤にして狼狽《うろた》えている。料理を運ぼうとしていたお勝が、耐えきれず身を折って笑いだした。

「私じゃありません、友人の話です！」

「いやあ、でも相談事ってのはたいがい、友人の話と言いながら自分のことだったりするんだよなぁ」

「んもう、『マル』さん。怒りますよ」

「冗談、冗談。ま、怒ったお妙さんも見てみたいけどね」

「まぁ、嫌な人」と言いながら、お妙もくすりと笑ってしまった。

　そのやりとりに、男たちも相好《そうごう》を崩している。座るところが足りず酒樽《さかだる》に腰を掛けていた男が、「でもよぉ」と盃を呷《あお》る。

「子供と食べ物、なにか関係があるのかね」

「子を産んだ後なら、うちの嬶《かかあ》はしばらく粥しか食わなかったけどな」

「ああ、うちもだ。あとはそうだな、懐妊《かいにん》中はやたら梅干しばかり食ってたな」

「そりゃたんに、酸っぱいものが食いたくなってただけだろうよ」

　あっちでもこっちでも、皆好き勝手にものを言う。その様子に、手酌で酒を注《つ》いでいた「カク」が苦笑いを浮かべた。

「男ばっかで話してたって、分かんねぇだろ。お勝さんはどうだったんだい」

「アタシかい？　さあねぇ。なんせうちはお熱いんでね。気づいたらできちまってたのさ」

「うはぁ、なんか想像しちまった！」

「『カク』、よけいなことを聞くんじゃねぇ。酒がまずくならぁ！」

「言ったね。アンタたち、もうツケで飲み食いさせないよ！」

お勝が睨《にら》みをきかせ、方々で悲鳴が上がった。なんとも賑《にぎ》やかである。

「でもまぁ普通に考えて、旬《しゅん》のものがいいんじゃないか？」

はじめに話題を振られた「マル」が、真面目《まじめ》に頭を捻《ひね》っている。「今なら牡蠣《かき》、鮟《あん》鱇《こう》、鱈《たら》、平目、鰤、鯔《ぼら》に鮍《かわはぎ》——」と指折り数えてゆくあたり、さすが日本橋の仲買人である。

「それから青魚の鰯は、いつだって体にいいやな」

そう言って、皿に載っていた鰯の山椒煮《さんしょうに》を箸で摘まんだ。

鰯を山椒の佃煮《つくだに》と共に、汁気がなくなるまでこっくりと煮たものである。ひとたび「うめぇ！」と誰かが言えば、我も我もと注文が入る。

鰯というのは余るほど多く獲《と》れ、干鰯《ほしか》や行灯の油にも活用されるため、食としては下魚《げうお》扱い。裏店に住まう庶民の強い味方である。だがかつて父の部屋で盗み読んだ「本朝食鑑《ほんちょうしょつかん》」という本草書《ほんぞうしょ》では、「陰を滋し、陽を壮にし、気血を潤し、筋骨を強くし――」と、鰯の効能が長々と挙げられていた。

節分に鰯を飾るのも、その生臭さが邪を払うためと伝えられてはいるが、本当のところは滋養の高さから、病魔を寄せつけぬことが知られていたからかもしれない。

「うわ！　お妙さん、これはなんだい」

注文が入った鰯を皿に盛りつけていると、小上がりから奇妙なものを見たとでも言いたげな声が上がった。

「これとは？」

うっかり羽虫でも飛び込んでしまったのだろうか。銅壺に沈めたちろりの酒はそろそろいい頃合《ころあ》いのようだが、それどころではなくお妙は小走りになった。

小上がりにいた只次郎が、男の皿をひょいと覗き込む。

「ああ、それは凍り蒟蒻ですよ」

「え、蒟蒻？」

「ひと口大にちぎったのを、ひと晩表に出しておいたらしいです」

ああよかったと、お妙は胸を撫で下ろす。

男が怪訝《けげん》そうにしていたのは、凍り蒟蒻と油麩《あぶらふ》の煮物だ。銅壺のちろりは、お勝が代わりに行って引き上げてくれた。

「旨いですよ。食べてみてください」

己の身分も忘れたかのように、只次郎は魚河岸の男たちと馴染んでいる。互いに『ぜんや』の常連とて、元から知らぬ仲ではなかったが、家出をしてからより親密になったようで、「いっそのことうちで働きねぇ」などと誘われるしまつ。只次郎の人当たりのよさは、もはや才能であろう。

「おっ、これは」

蒟蒻を恐る恐る口に入れた男が、咀嚼《そしやく》をしながら頰を持ち上げた。

「歯応えが蒟蒻じゃないみてぇだ。悪く言や水気が抜けてすかすかだが、そこに甘辛い出汁が染みて噛《か》むたびにこう、じゅわっと」

「でしょう、すこぶる旨いですよね！」

我が意を得たりとばかりに只次郎が膝《ひざ》を叩《たた》く。勝手口近くに座る重蔵も、珍しくこちらを見てにやりとした。昼餉に凍り蒟蒻を出したとき、この二人も同じようなやり取りをしていたのである。

「なに、そんなに旨いのか」

「お妙さん、こっちにもそれを」

「オイラにもおくんな!」

「はい、ただいま」

　お陰様で凍り蒟蒻は、引く手あまたとなった。

「しかしまぁ、なんだってこんなひと手間を」

　凍り蒟蒻をはじめに頼んだ男が、煮汁まで飲み干し小鉢を置く。満足気なため息は、何度聞いても嬉しいものだ。

「そこはほら、少しでも食を楽しんでほしいという、お妙さんの気遣いですよ。ねっ!」

　実家から離れたことで、只次郎は前より生き生きとしている。お妙の気持ちを代弁して、邪気のない笑顔を見せた。

「ええ、そうですねぇ」と頷《うなず》いて、お妙は小振りの土鍋を小上がりに置く。炊きたての飯である。杓文字《しゃもじ》と茶碗、それから蕪の漬物《つけもの》を脇《わき》に添えた。

「蒟蒻は体の砂を出すというでしょう。節分にちょうどいいかと思ったんですが、ただ煮ただけじゃつまらないと考えまして」

「ほら、それだよお妙さん」

ぽん、と手を叩く音が聞こえた。なにごとかと振り返ると、床几に座る「マル」が嬉《うれ》しそうに笑っている。

「お妙さんはいつだって、俺たちの体のことまで考えて飯を作ってくれるじゃねぇか。さっきの、子を授かりてぇって友達にだって、なにも特別なことをしなくたっていいんじゃないかい」

「おおっ、いいこと言うじゃねぇか『マル』！」

ほどよく酔いが回っているのだろう、「カク」も陽気に飛び上がる。

「そうだそうだ。脚気《かっけ》にいいって言うから新蕎麦《しんそば》の時分には、ここで嫌ってほど蕎麦がきを食ったわ」

「風邪《かぜ》が流行《はや》ってるからって、金柑《きんかん》の甘露煮《かんろに》を作ってたこともあったろ。あれを食ったお陰で、今年はまだくしゃみ一つしてないんだぜ」

「体を冷やさないように、このけんちん汁にも生姜《しょうが》がたっぷり擂り下ろされてるじゃねぇか。まったく、泣かせるよなぁ」

強面《こわもて》の男たちが、あれもよかった、これも染みたと、口々に料理の名を挙げてゆく。

只次郎が負けじと声を張り上げた。

「私なんて、瘧病《おこりや》みの甥《おい》っ子のためにと西瓜糖《すいかとう》をいただいたんですからね！」

どれもこれも、誰かのために特別に作った料理ではない。ただ季節の巡りと人体の理《ことわり》に従って、献立を決めてきただけだった。

「いいんだよ、それで」

お妙の考えを見透かしたように、もう一度「マル」が言った。

『ぜんや』の常連客は、昼も夜も皆優しい。行く末の不安に押し潰されず、今日も店を開けていられるのは、この人たちの支えがあればこそである。

それなのにさっきの私は、おえんさんに優しくなかったわ。

子が欲しいと言いながら、神仏や猫に縋るだけのおえんに焦《じ》れた。だがおえんとは、そもそもそういう女だ。無理矢理鞭をくれても走らないが、目の前に人参をぶら下げてやれば重い腰を上げるかもしれない。

「あの、皆さんありがとうございます」

薄《うっす》らと解決策が見えた気がして、お妙は一同に頭を下げた。

「いやいや、礼を言うのはこっちのほうさ。今日も旨かったよ」

飯を食べ終えた「マル」が、懐《ふところ》をまさぐり煙草《たばこ》入れと煙管《きせる》を取り出す。自分も一服していたお勝が、さりげなく煙草盆を押しやった。

「ああ、そうだ。そういや煙草入れにつけてた根付の紐《ひも》が切れて、どっか行っちまったんだった」

煙管に刻み煙草を詰め、「マル」は思い出したように顔を上げる。

「だから今日は浪人さんの根付を、ひとつ買って帰ろうと思ってたんだよ」

「ああ、それでしたら。重蔵さん」

声をかけると、客が来てから一度も声を発していない重蔵が、ゆらりと立ち上がった。

上背のある重蔵が立つと迫力があるので、ほんの一瞬周りが押し黙る。重蔵がいつも店の隅に座って喋《しゃべ》りもしないのは、威圧感を与えないようにするためなのではないかと近ごろ思う。

見世棚の片隅に置いてあった木箱を手に取り、重蔵は無言で「マル」に差し出した。

毎日細々と彫ってはいるが、一つ作るのに短くて七日。細工の凝ったものだとひと月はかかるため、数はさほど多くない。作った端《はし》から売れてしまうこともよくあった。

「あら。この間彫っていた獅子頭はもうないんですか」

木箱の中を覗き込み、お妙は首を傾《かし》げる。先日「凝っている」と褒めた根付は完成したはずだが、すでにない。

「ああ、昨日売れてしまった」

重蔵の作る根付もまた、好評のようでなによりである。

四
「鬼はァ外、鬼はァ外！」

日没前の客が途切れたころを見計らい、焙烙《ほうろく》で煎《い》った豆を撒く。

「福はァ内、福はァ内、福はァ内！」

鬼は外を二回、福は内を三回。豆撒きの掛け声は郷里によって違うようだが、亡き父も善助もこう言っていた。

まずは恵方《えほう》に。それから各部屋の雨戸を薄く開け、豆を打ち終わるごとに戸障子を閉めてゆく。この豆を撒く役目は「年男」というだけあって本来男がやるものだが、この家の主人はお妙だし、他に家族もないので、ならば「年女」だと開き直ることにした。

二階の内所の、鶯稼業に貸してある部屋をそっと覗くと、只次郎はすでに鶯の籠桶《こおけ》を開け、行灯の灯を見せているところである。

「あの、控えめにやりますね」

邪魔をしないよう、小さく「鬼は外、福は内」を言って豆をぱらぱらと溢《こほ》す。その様が可笑《おか》しかったのか、只次郎は鶯が驚かぬ程度にくすりと笑う。

「そのお豆、歳の数ほど拾って食べてくださいね」

これもまた縁起物だ。階下ではお勝と重蔵も、豆を拾い集めている。それを歳の数ほど食し、残った豆は紙に包んで取っておいて、初雷の日に雷除《かみなりよ》けのまじないとして食べるのである。

「分かりました。『あぶり』が終わったらすぐ、下を手伝いに行きますね」

「そんな、お気遣いなく。ごゆっくりなさってください」

そう言い残し、襖を閉めた。

最後に自分の部屋にも豆を撒き、自らの手で拾い集める。

お妙の歳は、二十八。年が明ければ九になる。

そんなに豆を食べなければいけないのかと、薄暗い部屋の中でしばし呆然《ぼうぜん》としてしまった。

近隣の家々からも、鬼を払って福を呼ぶ、年男の声が聞こえてくる。それから子らの、笑う声。

「おいこら妙、さっきからずいぶん豆を食べてないか？」

畳に這《は》いつくばっていたら、その目の隙間《すきま》から、もはや聞こえるはずのない人の声が立ち昇ってくるようだ。

子供のころは歳の数だけでは物足りなくて、こっそり多めに食べていた。見つかるとぺろりと舌を出し、「大人はたくさん食べられていいなぁ」などと嘯《うそぶ》いていたものなのに。

いざとなると、そんなに食べられないものね。

お妙は十粒ほど食べて、残りを半紙に包んで口を捻った。


店に戻ると重蔵が、縁台を外に出している。

入り口の戸を開けていると、吹き込む風がずいぶん冷たい。お妙は衿《えり》を掻《か》き合わせ、縁台の足元に行灯と火鉢を置いた。

小上がりに膝をつき、お勝はまだ豆を拾っている。

「ねえさん、ちゃんと歳の数だけ食べた？」

「ああ、ぴったり二十粒食べたさ」

尋ねてみると、しれっと答えが返ってきた。さすがはお勝だ。あの域に達するにはまだまだ修行が足りない。

込み上げてくる笑みを隠しもせず、お妙は『けんちん汁　一杯十二文』と墨書した紙を、戸板に貼《は》った。

節分の夜に、外でなにか温かいものを売ってはどうでしょう。

そんな提案をしたのは、例によって只次郎であった。

日暮れごろから豆撒きの声は、一刻《いっとき》（二時間）、二刻の間は絶えない。その声がまばらになってくると、やがて往来には弓張提灯《ゆみはりちょうちん》の灯がゆらゆらと瞬《また》きだす。氏神《うじがみ》に詣《もう》でる者、友人知己への挨拶《あいさつ》に赴く者、今宵《こよい》の江戸はまだ眠らない。

皆綿入れを着込み、女は頭巾《ずきん》など被っていても、提灯に照らし出される息は白い。冷えた体に温かい汁でも入れれば、さぞかし生きた心地がするだろう。

具材を煮る前に胡麻油で炒めるけんちん汁ならば、よりいっそう温まるし腹にも溜まる。それゆえ朝から大鍋に、たっぷり仕込んでおいたのである。

「ねぇ見て、けんちん汁だって」

「いいねぇ。お参りの後で食べて行こうか」

貼り紙を目聡《めざと》く見つけ、囁き交わす男女がいる。他にもこちらを気にしている気配があり、こんなとき「いらっしゃいませ、いらっしゃいませ」と呼び込みでもすればいいのだろうが、お妙にはいささか気恥ずかしい。

かといって寡黙《かもく》な重蔵にできるわけもなく、年輩のお勝を寒空の下に立たせるのは気が引ける。やはり自分がやるしかないかと前掛けを揉《も》んでいたら、後ろからとんと肩を突かれた。

「すみません、お待たせしました。手伝います」

背後に立っていたのは只次郎だ。袴《はかま》を穿《は》かず着流し姿で、腰に大小も差していない。武家風の髷《まげ》を隠すため手拭《てぬぐ》いで頬《ほ》っ被《かむ》りをし、久方ぶりの町人の扮装《ふんそう》である。

「あらまぁ、只《ただ》さん」

呆気《あっけ》に取られたまま愛称で呼ぶと、只次郎は照れたように首の後ろを掻いた。ちらりと店の中を覗くと、お勝が腹を抱えて笑っている。

「武士が汁を売っていたら、客が身構えるかと思いまして」

それはまさしくその通りだが、つくづく思いもよらぬことをする男である。

「股引《ももひき》を穿いちゃあいますが、袴を脱ぐと寒いんですねぇ」などと、呑気《のんき》なことを言っている。

「あの、ちょっと待ってください」

お妙は慌てて内所に上がり、善助のものであった褞袍《どてら》を抱えて戻った。鰹縞《かつおじま》の木綿に、黒八丈《くろはちじょう》の半衿《はんえり》をかけたものだ。それを只次郎に着せかけて、三尺帯を締めてやる。

「おお、これは暖かい」

早くも鼻の頭を赤くしていた只次郎は、綿の入った広袖《ひろそで》で両頬を覆って笑った。

「お妙さんは冷やしちゃいけませんから、中にいてください。草間殿も、その図体で立っているとお客が来ませんからいったん中へ」

さあさあと、店の中に追い立てられる。入口の戸が開けっ放しとはいえ、風の届かぬところは暖かく、強張っていた肩がふっとほぐれる。

言い出しっぺの責任で、只次郎は一人で寒い思いを引き受けるつもりなのだろうか。そんな心配をしたのも束《つか》の間《ま》、すぐに表から、楽しげな客引きの声が聞こえてきた。

「ヨォッ、いらっしゃい、いらっしゃい。熱々のけんちん汁ですよぉ。寒い夜にはもってこい。体の芯《しん》からあったまる。中で一服もできますからねぇ、はいどうぞお一人様ァ！」

どういうわけだか板についている。もしやこれは責任などという堅苦しいものではなく、たんにやりたかっただけではあるまいか。

さっそく一人、初老の男が店に入ってきたのを皮切りに、続々と客が増えてきた。

往来を行き交う人はますます多く、表の縁台に腰掛ける者、暖を求めて入店する者、どちらも途切れることを知らない。

只次郎の呼び声はさらに調子が上がり、「サァそこのお兄さん、寄ってってくださいな」と名指しで誘導するほどだ。

これではいつもより忙しい。お妙は襷《たすき》を締め直し、お椀《わん》に次々と汁をよそった。

遠くでお囃子《はやし》が鳴っている。少しずつ近づいてくる笛の調子は、おそらく獅子舞だろう。

獅子に頭を噛まれて怖かったのか、子供が号泣しているようだ。獅子に噛まれれば一年無病息災に過ごせると知っている大人は笑っていられるが、子供たちからは悲鳴が上がる。

ピ〜ヒョロリ、ピ〜ヒョロリ、ピ〜ヒョロピ〜ヒョロ、ピ〜ヒョロリ。

折敷を手に表に出ると、笛の音がいっそうはっきりと聞こえてきた。

「お待たせしました、けんちん汁二丁です！」

もう一刻ほど動きっぱなしのため、寒さも忘れて額の際には汗すら滲《にじ》んでいる。お椀が足りなくなって慌てて井戸に洗いに行ったり、厠《かわや》を借りたいという者を案内したり、子供が汁をひっくり返したりと、思わぬ仕事も多く息つく暇もない有様であった。

「あと十人前ほどで終わりです」と、お妙は只次郎の耳元に囁く。

客は途切れそうにないのに、もはや汁がない。今から煮始めても間に合わぬ。こんなことならはじめから、もっと作っておけばよかった。

只次郎は惜しげもなく「分かりました」と頷いて、「サァ、早い者勝ちだ。美味《おい》しい美味しいけんちん汁、あと十杯で終わりですよぉ」と煽る。売りきってしまうつもりのようだ。

「御厄《おやく》払いましョ、厄落とし、御厄払いましョ厄落とし」

只次郎の呼び声に被せるように、そう言いながら近づいてくる男がいる。継ぎの当たった袋を担ぎ、手拭いを道中被りにした「厄払い」だ。

これもまた、節分の夜の名物である。呼び止めて餅《もち》や豆、銭などを与えると、「アーラ目出度いナ、目出度いナ、今晩今宵のご祝儀に目出度いことで払いましョ」と声をあらため、芸づくしや三芝居の役者の名寄せなど、目出度いことを並べ立ててくれる。

厄払いはしょせん下級の宗教者か物乞《ものご》いなので、本当に厄が払えるとは誰も思っていないが、これも縁起物と思っておひねりを渡すのである。

今宵の厄払いは足が悪いのか杖《つえ》をついており、股引も着けず裸足《はだし》に草鞋《わらじ》履き。不憫《ふびん》に思っていると只次郎が懐から銭を取り出し懐紙で包んだ。

「さぁてそれでは厄払いさんに、厄を払っていただきましょう！」と、これを余興にする腹積もり。

厄払いはおひねりを受け取ると、精一杯声を励ました。

「旦那《だんな》住吉《すみよし》御《ご》参詣《さんけい》、反《そ》り橋《ばし》から西を眺むれば、七福神の船遊び、中にも夷《えびす》という人は、命長柄《ながえ》の棹《さお》を持ち――」

厄払いというのは人によって、芸や口上の巧拙《こうせつ》の差がずいぶんある。残念ながらこの厄払いは、下手の部類であった。

ピ～ヒョロリ、ピ～ヒョロリ、ピ～ヒョロピ～ヒョロ、ピ～ヒョロリ。

口上が終わるころには獅子舞が、すぐそこまでやってくる。縁台の客が十二文を置いて立ち、入れ替わった。

新たな注文が入り、お妙は店の中に取って返す。こちらではお勝が酒の注文を捌《さば》くのに手いっぱいで、なんと重蔵まで給仕に駆り出されている。

「ねぇねぇ、箸を落としちまったんだけど」

小上がりの縁に腰掛けていた女に呼び止められた。「はい、ただいま」と応じたもの、外の客も待たせている。

焦る気持ちを抑えて調理場に入り箸を摑《つか》むと、鍋の前で汁をよそっていた重蔵が振り返った。

「表にも二人前だな？」

「はい、そうですが」

「案じずとも、出しておく」

周りが慌ただしいため、さしもの重蔵もじっとしてはいられぬようだ。お妙も深く考える余裕がなく、「お願いします」と任せてしまった。

客の落とした箸を取り替えて、空いた器を下げてゆく。鍋の汁はあと八人前。お椀はぎりぎりのところで足りないようだ。

また洗ってこなければと、手の甲で額を拭ったときだった。

表から、「うわぁっ！」という悲鳴が上がった。只次郎の声である。

「どうなさったんです！」

お椀を洗い桶《おけ》に放り出して、お妙は外に飛び出した。

「あら？」

なにごとかと肝を冷やしたわりに、ご大層なことは起こっていなかった。只次郎は大事なく、ただどういうわけか重蔵が、頭から水を被って濡《ぬ》れている。傍に寄るとほのかに甘い、酒のにおいが鼻を突いた。

「ああっ、すまねぇ。獅子舞に驚いて、手にしてた酒をぶちまけちまって――」

痘痕面《あばたづら》をした職人風の男が、口の開いた貧乏徳利《びんぼうどっくり》を提げて狼狽えている。どうやら中身の大半を、重蔵の頭皮に飲ませてしまったようだ。

「重蔵さん、風邪をひきますからどうぞ中へ」

お妙は前掛けを外し、それで重蔵の頭を包んでやる。

ところが重蔵は、促してもぴくりとも動かない。

「お妙さん、草間殿は下戸中の下戸ですよ」

只次郎に言われて思い出した。重蔵は、升川屋に勧められた酒を舌先で舐《な》めただけで昏倒《こんとう》したことがある。

でもまさか。今度のは飲んだわけではあるまいし。

と思う端から、重蔵の体がお妙に向かって傾《かし》いでくる。

「危ない！」

間一髪。只次郎が間に体を割り込ませてくれたお陰で、お妙は重蔵の重みに耐えかねて潰されずに済んだ。

外の喧騒《けんそう》は、なおも続いている。だがけんちん汁を売り切ってしまったため、お妙は最後の客を送り出すと、貼り紙を剝《は》がして表の木戸を閉めた。

「ああ、くたびれた」

お勝が今のお妙の気持ちを代弁し、倒れ込むように床几に掛ける。

腹の底から息を吐くと、お妙も立っていられなくなった。よろよろと歩いてゆき、お勝の隣に腰を下ろす。

「やれやれだわ。片づけは、明日でもいいかしら」

「ああ、いいともさ。アタシも今日は、泊まっていこうかねぇ」

お勝にはもはや、横大工町《よこだいくちょう》の家まで帰る気力もないようだ。

「いやぁ、売りましたね！」

これが若さというものか。只次郎だけがやけに元気である。武士などやめて商売をやりたい人だから、さだめし楽しかったことだろう。

そして重蔵は、小上がりの片隅に伸びたまま、いっかな目を覚ましそうにない。

「鼾《いびき》なんかかいてるよ。呑気なもんだねぇ」

飲むだけでなく、まさか浴びても駄目だとは。ここまで酒に弱い者には、他に出会ったことがない。

「どうしましょう。そこに寝かせておいても寒いでしょうし」

「もうなにも手伝うことがないのでしたら、私が引きずって行きますよ」

「では、お願いします」

どのみちお妙やお勝には、前後不覚の重蔵をどうすることもできない。

只次郎は「よいせ」と重蔵の腕を引いて起こすと、脇の下に体を差し入れる。出会ったばかりのころはもっと線が細かったのに、この若者もたくましくなったものだ。

その体勢では、勝手口の戸を開けるのは難しいだろう。

今宵は下弦《かげん》の月。月の出は真夜九つ（午前零時）ごろであるから、今はまだ闇夜《やみよ》のはずだ。

お妙は立ち上がり、念のため手燭《てしょく》に火を入れた。

「足元、気をつけてくださいね」

勝手口を出て、どぶ板を踏んでゆく。目がまだ暗がりに慣れておらず、足元が危うい。お妙は手燭をかざし、先に立った。

しばらく行くと、共同の井戸や便所、それから小さな稲荷《いなり》の社《やしろ》がある。その赤い鳥居の前に、人の影らしきものが揺らめいている。

目を凝らしてよく見れば、それは先ほどの厄払いであった。寒そうに身を縮め、杖に縋るようにして立っている。

こんな所にまで入ってきてしまったのね。

どうせなら、もっとおひねりを弾んでくれそうな家に行けばいいものを。裏店に住まうのは、皆その日暮らしの者ばかりである。

「もし」と声をかけると、厄払いは足を引きずるようにして近づいてきた。ところがなにを喋るわけでもなく、お妙の脇をするりと抜けてゆく。目の端に、ぎらりと光るものが映った。

厄払いが一歩踏み出す音。同時に、なにかが閃《ひらめ》く気配があった。

「ひぃっ！」というのは只次郎の悲鳴だ。どさりと地面に倒れ伏す。

胸が凍りつくかのようだった。振り返ると厄払いが、冴《さ》え冴えとした刀身を青眼に構えている。さっきまで手にしていたのは、仕込み杖だったのだ。

「あわわわ」

只次郎は先ほどの第一閃《せん》を、自ら倒れ込むことで避《よ》けたらしい。二人とも無傷のようだが、なんと重蔵は地面に投げ出されてもまだ寝続けているではないか。町人拵《ごしら》えのため、只次郎は丸腰だ。

悲鳴を上げようにも、突然のことに喉元が強張っている。厄払いは、刀の切っ先をすやすやと眠っている重蔵に向けた。

まさか狙《ねら》いは重蔵か。

「草間殿、お借りします！」

厄払いが一足飛びに向かってくるのを見て、只次郎は重蔵の腰の長刀を抜いた。重蔵が正体をなくしているせいでややもたつき、冷や汗が出たがどうにか鍔元《つばもと》で受け、二閃目も退けた。

忌々《いまいま》しげな舌打ちが聞こえる。只次郎は体勢を立て直し、相手の出方を窺《うかが》うように下段に構えた。

「お主、何者だ！」という誰何《すいか》の声に、厄払いが答えるはずもなく。双方睨み合いが続く。

重蔵が起きてくれたなら、得体の知れぬ賊などすぐに追っ払ってしまうだろうに。只次郎では、斬《き》られはせぬかと怖くてならない。おそらく命運は次の一撃で決まるだろう。

震える手を胸に当てる。懐に、かさりとした感触があった。

先に動いたのは厄払いだった。身を低くして踏み込むと、切っ先で只次郎の喉元を狙う。お妙は手燭を足元に置き、懐のものを摑み出した。

「鬼はァ外、鬼はァ外！」

豆撒きの後で、拾い集めておいた豆である。威力は小さいながらも、肌の露出した部分に当たると意外に痛い。お妙は力いっぱい、厄払いの顔めがけて投げた。

「痛ッ！　なんだこれ、痛ッ！」

機先を制され、厄払いの狙いがぶれた。その隙に、只次郎の刀が脇をかすめる。

「グッ！」

脇腹を押さえ、賊はその場に膝をつく。だが浅い。只次郎には、相手を殺すほどの覚悟はできていない。

だがようやく異変に気づいたか、裏店の戸がいくつか開き、住人が顔を覗かせた。お妙は幾分ほっとした。男衆が出てきてくれれば、傷ついた厄払いを取り押さえることもできる。

「おい馬鹿おえん、危ねぇぞ！」

ところが誰よりも先に走り出てきたのは、おえんだった。肥えた体を揺らし、「お妙ちゃん、無事かい！」と抱きついてくる。

「ちくしょう、女力士までいやがんのかよ！」

厄払いはまたもや盛大に舌打ちをし、仕込み杖を抱えて逃げ出した。

後を追う者は誰もいない。只次郎ははじめて人を斬った感触に、呆然と立ちつくしている。

足元から、地面がふっと消えた気がした。おえんに抱き止められて、腰を抜かしかけたのだと悟る。

「すみません、おえんさん。もう大丈夫です」

「大丈夫じゃないよ。震えてんじゃないのさ！」

震えているのは只次郎も同じだ。懐から懐紙を取り出し返り血のついた刀身を拭ってから、どうにかこうにか鞘《さや》に納める。手燭の明かりしかない暗がりでも、顔が真っ白なのは分かった。

「お妙さん、怪我《けが》はないですか」

「林様こそ」

「お陰様で、かすり傷ひとつありません」

よかった。お妙はおえんに身を預けたまま、小さく微笑《ほほえ》む。

「なんだったんだい、あの賊は」

「さぁ。重蔵さんを狙っていたように見えましたが」

肝心の重蔵は、明朝までは目覚めることがなさそうだ。朝を待たねば事情も聴けない。

「私はさっき、切り結んでいるときに思い出しました。奴《やつ》らには、お妙さんも一度会ったことがありますよ」

「奴ら？」

賊は一人だったのに、おかしなことを言う。只次郎は、大真面目に先を続けた。

「あの厄払いと、草間殿に酒を浴びせた痘痕面ですよ」

痘痕面？　なにやら引っかかるものがあり、記憶の底を浚《さら》ってみる。赤黒くむくんだ、品のないあの顔――。

「あっ！」

頭の中で、かちりと錠前の外れる音がした。格好が変わりすぎていたから今まで気づかなかったが、間違いない。奴らは重蔵が以前追い散らした、御家人風の二人組だ。

「まさか、あのときの逆恨みで？」

「にしては、草間殿が酒に弱いことまで知っている。おかしいですよね」

奴らは法事で貸し切りだった『ぜんや』で酒を飲ませろと暴れ、通りすがりの重蔵に追い払われた。たしかに弱点を知る暇などなかったはずだし、わざわざ厄払いや職人に扮してきた点も解せぬ。

「しょうがない。朝がくるまで待ちますか」

只次郎は地面に大の字を描《か》いている重蔵を見下ろし、疲れたように首を振った。

五

まんじりともせぬうちに、夜が白々と明けてゆく。

もはや行灯の灯がなくとも、人の顔が判じられるほど。お妙は覆いになっている障子を上げて、炎をふっと吹き消した。

只次郎もお勝も同じく眠れなかったのだろう。夜着を体にかけたまま、膝を抱えている。三人の見下ろす先では重蔵が夜着に包《くる》まり、いまだ寝息を立てている。

「んんん――」

その眉がぴくりと動き、眉間が強く寄せられた。「痛い」と夢うつつに呟いている。

以前酒をひと口舐めてしまったときにも、翌朝は頭が痛いと言っていた。あれしきの量でと驚くが、二日酔いなのである。

おそらく重蔵は、寝ながらにして痛む頭を手で押さえようとしたのだろう。ところがどうしたことか、体の自由がきかない。何度か芋虫のように身をよじり、はっと目を見開いた。

「おはようございます」

真っ先に声をかけたのは、只次郎だ。身動きのできぬ重蔵に、状況を説明する。

「念のため、両手両足は縛らせてもらいました。刀もお預かりしています」

「なんの、真似《まね》だ」と声を絞る重蔵は、酒が抜けきらず辛《つら》いのだろう。

「もしかして、なにも覚えていないんですか？」

不審げにお妙を見上げてくる重蔵は、本当になにも覚えていないらしい。

只次郎が、一から丁寧に昨夜の襲撃の有り様を物語る。賊の正体がいつかの御家人風の二人組だったことを明かす前から、重蔵には察しがついているようだった。

「ああ、そうか。奴らが来たか」

「いったい何者なんですか。狙いは草間殿だったようですが」

「ただの半端者《はんぱ》だ。拙者を酒に酔わせねば、襲い掛かることもできぬほどにな」

「御家人ではないのですね」

「もちろん違う」

お妙は静かに目をつぶる。重蔵をいい人間と信じて雇った身としては、最後まで信じていたかった。けれども重蔵は、そもそもの出会いから嘘っぱちだったと言っている。あの二人組とは、ずっと前から面識があったのだ。

「すべて、話していただけますか」

問いかける声が、まるで自分のものではないみたいだ。覚悟を決めたように見上げてくる重蔵の目を、お妙は静かに見つめ返す。

「なにもしない。縛ったままで構わぬから、身を起こしてはくれまいか」

お妙が一つ頷くと、只次郎が重蔵を助け起こしてやった。

頭が揺れて痛むのだろう。重蔵もまた、一睡もしていない三人に負けず劣らずひどい顔色をしている。

「なにから話せばいいのやら――」

しばしの逡巡《しゅんじゅん》ののち、重蔵は後ろ手に縛られたまま、畳に額をこすりつけた。

「まずはすまぬ、お妙さん」

お妙の真心を、欺《あざむ》いてきたことを悔《く》いているのだろうか。

そう思ったが、まるで違った。重蔵は口に詰め込まれていた泥を吐くように、誰もが予期しなかった懺悔《ざんげ》の言葉を口にした。

「お妙さんのご亭主の亡骸《なきがら》を、神田川に流したのは拙者だ」

表と裏

一

元日の江戸はまるで町全体が洗い清められたかのように静謐《せいひつ》で、人の影も疎《まば》らである。

町屋は両側とも板戸を閉じ、屋台や振り売りの声もない。辻《つじ》に立つのは凧《たこ》売りのみで、そこにだけ晴れ着姿の子供たちが集まっている。

いつもは見世物小屋や掛茶屋の建ち並ぶ下谷《したや》広小路《ひろこうじ》すらひっそりとして、はじめて往来の広さを知った心地になった。

寛政《かんせい》五年（一七九三）に年も改まり、頰《ほお》を打つ風さえ清々《すがすが》しい。林只次郎は大きく息を吸い込んで、南を指して歩いてゆく。

大晦日《おおみそか》の夜遅くまで売掛金の回収に走り回っていた商家はもちろん、歳神様《としがみ》を寝ずに待ち、初日の出を拝んできた庶民はこの日一日をのんびり過ごす。だが武家はそうもいかず、夜中のうちに起きだした只次郎は、込み上げてくる欠伸《あくび》を嚙《か》み殺した。

年始くらいは実家で過ごすようせっつかれ、昨晩から仲御徒町《なかおかちまち》の拝領屋敷に帰っていたのである。林家では毎年暁七つ（午前四時）には家族一同身支度を整え、新年の挨拶《あいさつ》を交わした後に屠蘇《とそ》を飲み、雑煮を食べるものと決まっている。

というのも元日といえば徳川《とくがわ》御一門や譜代大名らの総登城。明け六つ半（午前七時）までに顔を揃《そろ》えていなければならぬということで、城中警護の任にあたる只次郎の父も朝が早いのだ。

おそらく来年は、兄の重正がその務めを果たすのだろう。正月の諸行事が落ち着いたころに、父は隠居願いを出すつもりらしい。

「ゆえに只次郎、お主も少しは気が済んだろう。いい加減に聞き分けて、身を固めてくれ」

晩酌につき合えと言われ、珍しいことだと思っていたら、やはりそんなふうに掻《か》き口説《くど》かれた。父はひと月半に及ぶ只次郎の出奔を、しばしの自由を与えてやったという程度に捉《とら》えていた。

「父上、私は婿養子に入るつもりはございませぬ。それに申し上げがたい儀なれど、今年の餅《もち》代も誰《だれ》の懐から出ているとお考えか」

これまで父に面と向かって、林家の台所を支えているのは自分だと訴えたことはなかった。武家は先祖の武功による禄《ろく》を食《は》んで生きている。その乏しさを口にするのは、父のみならず祖先の働きをも軽んじているように思えるからだ。

口に出してから後悔した。父の頰に酒の酔いとは違う赤みが差す。だが咄嗟《とっさ》に言い返す言葉もなく、震える手で盃《さかずき》を膳《ぜん》に置いた。

「それでも儂《わし》は、お主に武家の男として身を立てる道を選んでほしいと――」

居丈高な父らしからず、半ばで声を途切らせた。

只次郎の稼ぎがなければ、もはや林家の暮らしは立ちゆかない。金の流れになど関心がないのかと思っていたが、父はそれを承知の上で、次男坊を婿に出そうとしていたのだ。

決して只次郎の望んだ形ではないが、それは学問にも明るい息子をこのまま飼い殺しにするのは忍びないという、親心なのだった。

その心を無下にして、家を飛び出してしまったのは申し訳ない。だが「どうぞ父上の思うままに」と、頭を下げる気のない己もいた。

武士の理《ことわり》の中に生き、それしか知らぬ父の視野は狭い。矜持《きょうじ》ばかりの武士などより商人のほうがよほど伸びしろがあるだろうに、そのようなことを説いても腹を立てるだけだろう。

只次郎もまた言葉をなくし、黙して酒を飲むほかなかった。

「かように不出来な次男など、もはや捨て置けばよいでしょう」

助け舟は、思わぬところから出された。共に酒肴《しゅこう》を囲んでいた、重正である。

「なにが不満か公方《くぼう》様より拝領せし屋敷を出て裏長屋に住まうような男に、しかるべき筋からの縁談はございますまい。己の才だけで世を渡れるという思い上がりが、本物かどうかしかと見届けてやろうではないですか」

見下したもの言いではあるが、好きにせよと背中を押してくれたようでもある。まもなく林家当主になろうとする身の余裕なのか、弟を思いやっての発言なのか。たんに厄介払いがしたかっただけというのもあり得る。おそらく様々な心情が入り混じってのことだろう。

父が隠居を決めてから、重正の言葉は以前より重く扱われている。次期当主がそう言うのなら、今しばらく様子を見ようということでその場は落ち着いた。只次郎は林家に迷惑がかかるようなことは決してせず、これまでどおり金銭面での援助は惜しまないと請け合った。

朝五つ（午前八時）の捨て鐘が鳴っている。「叔父上、もう行ってしまわれるのですか」と引き留める姪《めい》のお栄に後ろ髪を引かれたが、『ぜんや』の内所で待つ鶯《うぐいす》たちに餌《えさ》をやらねばならなかった。

「己の才、か」

野良犬が歩いているだけの往来で独りごつ。

思い上がりと言われてもしかたがない。今のところ只次郎は、愛鳥ルリオの才のおこぼれで金を儲《もう》けている。後継は依然として育っておらず、ルリオの調子によっては今年中に鶯稼業を畳むことになるだろう。

新年早々、見通しは暗い。

憂慮すべきは、他にもある。お妙の住む神田花房町への足取りが、これほど覚束《おぼつか》ないのははじめてのことだった。

二

神田花房町の裏店《うらだな》に戻ってみると、浪人の草間重蔵は夜着を引っ被《かぶ》ってまだ寝ていた。

以前なら只次郎が留守の一夜のうちに、お妙となにかあったのではとやきもきしたことだろう。だがそんな心配は、もはや無用のものとなった。

節分の翌日から、重蔵はお妙と顔を合わせようとはしない。『ぜんや』の用心棒も、仮病を使って休んでいる。

「草間殿、今日も『風邪《かぜ》』ですか」

元日は『ぜんや』もさすがに休みだが、わざとそう問いかけてみた。夜着越しの肩がぴくりと動き、どうやら目は覚めているようだ。

「そんなに寝てばかりじゃ、本当に病気になりますよ。さっさと床を上げて、冷たい水で顔でも洗ってきてください」

重蔵は今年で三十四らしい。二十三になったばかりの只次郎よりずいぶん歳上だが、相手は腑《ふぬ》抜けだ。夜着を剝《は》ぎ、遠慮なく急《せ》き立てる。

敷布団の上で重蔵は、二枚貝のように脚を縮めた。

「胸のあたりがすうすう冷たい。風邪だ」

「違います。くしゃみ一つ出ていないではないですか」

難しい顔をして起き上がった重蔵の肩に羽織《はおり》を掛けてやる。裏店に五つ紋付の羽織袴《はかま》は不似合いなので、只次郎もまた着替えをはじめた。

「昨夜はなにも、変わったことはありませんでしたか」

「ああ。店は九つ（午前零時）近くまでやっていた。お勝さんはそのまま泊まったようだ」

「そうですか」

一人で年を越したのでないならよかった。お妙の身を思いやり、只次郎は常着の袴の紐《ひも》を結び切りにして、大小を挿し直す。

おもむろに刀を手に取ると、身の内にピリッと小さな雷が走った。はじめて人を斬《き》った手応《てごた》えが、まだ鮮明に残っている。厄払いに扮《ふん》した男の脇腹《わきばら》に、スッと吸い込まれていった刀身の感触だ。あと一歩踏み込めば深傷《ふかで》を負わせられたに違いないが、斬れたと思ったとたんに身を引いていた。

拝借した重蔵の長刀は二尺四寸五分（約七四センチ）。三尺（約九〇センチ）を超える竹刀や木刀よりも真剣は短く、ゆえに間合いを誤った。というのは体のいい言い訳で、実際には怖かったのだ。

泰平の世が続き、武士とはいえ大半の者が人を斬ったことなどない。人の肉が鍛え上げられた鋼を前に、餅を切るほどの抵抗も示さぬことを知らなかった。いとも簡単に、人は死ぬ。そう思うと柄《つか》を握った右手から、ぞわりと怖気《おぞけ》が広がった。あと一歩先に横たわる死を感じ、只次郎は躊躇《ちゅうちょ》した。

だが守るものがあるのなら、踏み込んでおくべきだった。あの日はたまたま退散してくれたが、手負いの男がお妙に斬りかからないともかぎらなかった。

「覚悟が足りず、すみませんでした」と謝ると、お妙は只次郎の手を取って首を振った。

「お蔭《かげ》様で、みんな無事でした。林様が人殺しにならなくてよかった」

ならばこの手で人を殺《あや》めたときには、お妙を悲しませてしまうのだろうか。

それでも次は、必ず殺《や》る。只次郎は右手をぐっと握ってから開き、黒縮緬《くろちりめん》の羽織を着た。

重蔵はまだ敷布団の上に、呆《ほう》けたように座っている。

この男が言うには、節分の夜の二人組は材木問屋の近江屋が飼っていたならず者だという。そしてまた重蔵も、かつては用心棒として近江屋に雇われていたのだった。

ほとほとと、入り口の障子戸が叩《たた》かれる。呆けている重蔵に代わって只次郎が出てみると、お妙が折敷《おしき》を持って立っていた。

「まぁ、林様。お戻りでしたか」

「はい。新年おめでとうございます、お妙さん」

「おめでとうございます」

折敷の上には雑煮の入った木の椀《わん》と、箸《はし》が一膳。朝飯を食べにこない重蔵のために運んできたのだ。

「林様のぶんも、すぐお持ちしますね」

「いいえ、鶯の世話をしなければいけないので、私も行きますよ」

祝い膳は実家で食べてきたが、まだ夜も明けぬうちだったので、すでに小腹が空《す》いている。

重蔵はお妙に折敷を手渡され、「かたじけない、誠にかたじけない」と何度も頭を下げた。


「はぁ、うまぁい！」

鼻先をほんのりと湿らせて、只次郎は手にした椀から顔を上げる。素朴な鰹出汁《かつおだし》の風味がしんみりと舌に残っている。

「雑煮は家でも食べたはずなんですけどねぇ」

焼いた切り餅と小松菜、大根、里芋を入れただけの、澄まし仕立ての汁である。具は林家と同じなのに、お妙が作った雑煮のほうが格段に旨《うま》かった。実家のものは出汁の風味が立たず、もっと醤油《しょうゆ》くさいのである。

「澄まし汁を作るときは実は上方の薄口醤油のほうが、少量で済むので出汁の邪魔をしないんですよ」

客のいない店の中、お妙はいつもよりくだけた笑顔を見せている。着物は見慣れた格子縞《こうしじま》だが、帯がまだ新しい。川向うの柳原《やなぎわら》土手の古着屋で、新年用に見繕《みつくろ》ってきたのだろう。

小上がりで寝ぼけ眼《まなこ》をこすっていたお勝が、「おや」と意外そうに呟《つぶや》いた。

「だけど上方の雑煮ってのは、たしか味噌《みそ》仕立てだったろう？」

「ええ、白味噌に丸餅。甘くて少しとろみがあって、そちらも美味《おい》しいですよ」

白味噌仕立ての汁といえば、ご隠居の口切りの茶会にも出てきた。あのときの具は胡麻《ごま》豆腐だったが、餅が入っても旨かろう。甘酒にも似た米麹《こめこうじ》の味わいを思い出し、只次郎はほんのり酔い心地になった。

「それにしても、餅の形まで違うんですか。所変わればですねぇ」

「江戸も元は丸餅だったらしいですよ。だけど丸餅はこう、搗《つ》き上がったのを小さくちぎって丸めてゆくでしょう」

お妙はそう言いながら、両手で餅を捏《こ》ねる仕草をする。

「江戸っ子はせっかちですから、それじゃ面倒だとのし餅にしてしまって、四角く切り分けて食べるようになったそうです」

なんと餅の形にまで、江戸っ子の気質が表れていたとは。

言われてみれば丸餅は上方らしくたおやかで、切り口がぴしりと立った切り餅は気風《きっぷ》がよさそうだ。

煙管《きせる》に刻み煙草《たばこ》を詰めながら、お勝が唇を尖《とが》らせる。

「そうだねぇ。せっかちじゃなきゃ、鶯を正月早々に鳴かせようなんざ思わないだろうね。ホケキョホケキョと、まるでお題目のようだったよ」

「それはどうも、お騒がせをいたしまして」

あぶりを頼まれていた預かりの鶯は、皆仕上げて昨年のうちに飼い主の手元に返してしまった。『ぜんや』の内所に残っているのは、ルリオとメノウ、その子供たちのみである。

こちらにはあぶりを入れていないので、まだしばらくは鳴かないだろう。年末には「ずいぶん春めいた声がするね」と客に喜ばれていたが、一転して静かになってしまった。

「そうなると、ルリオが鳴きはじめるのが楽しみですね」

お妙が微笑《ほほえ》み、お勝はいいことを思いついたとばかりに手を打ち鳴らす。

「そうだ。いっそのこと、日本一の鶯の声を楽しめる居酒屋として売り出しちゃどうだい」

「だったら見料《けんりょう》を取らなきゃいけませんね」

只次郎も冗談を言ったが、内心は笑えなかった。

ルリオが鳴きはじめるころには、雛《ひな》たちの雄《おす》も本鳴きに入る。いよいよ彼らの、才のあるなしが決まってしまうのだ。

秋鳴きを聴くかぎり、あまり期待はできないのだが。

「ああ、旨かった。ごちそうさまです」

沈みがちな気持ちを鼓舞《こぶ》し、只次郎は努めて明るく手を合わせる。「やっぱり餅は腹に溜《た》まりますねぇ」と、食いしん坊らしく胃の腑のあたりを撫《な》でさえした。

さっそくお妙が、空になったお椀を引いてくれる。

「それなんですが、明日から普通に店を開けるでしょう。お客様にはご飯を炊くかお餅にするか、迷っているんですよ」

正月も二日となれば、江戸の町は息を吹き返す。いや、常よりずっと賑《にぎ》やかだ。

商家では初荷、初売り。町家の主人は供を連れて年礼廻《ねんれいまわ》りに忙しく、町火消の出初《でぞめ》に太神楽《だいかぐら》、獅子舞《ししまい》に猿回しと見物の人出も多い。また魚河岸の初売りの日でもあり、それが終われば常連客が、腹を空かせて押し寄せてくることだろう。

正月三箇日《さんがにち》の間は、飯を炊かずに餅を食べるものと相場が決まっている。だがそこは米好きの江戸っ子、「三日食う雑煮で知れる飯の恩」という川柳が流行《はや》るほど、だんだん飯が恋しくなってくる。ならば『ぜんや』では、いち早く、飯を出してはどうかとお妙は考えているらしい。

「私は餅でいいと思いますよ。飯を恋しがるのもまた一興。厭《あ》きるほど餅を食べられるのも三箇日ならではですから、存分に厭きさせてやりましょう」

どうしても米がいいという客がいれば、個別に炊いてやればいい。『ぜんや』は元々人数分を土鍋《どなべ》で炊いて出すやりかただから、手間が増えるわけでもない。

「なるほど、それもそうですね」

お妙は相槌《あいづち》を打ち、なにやら考え込んでいる。餅を出すにしても普通の雑煮ではつまらぬと、明日の献立に思いを馳《は》せているのだろう。料理について思案しているときは、目元が凜々《りり》しくなるのでよく分かる。

「明日からは重蔵さんも、店に出てくれるといいんだけどねぇ」

お勝が煙草の煙を吹かし、その行方を追うように目を細めた。

そのとたん、お妙の面差しに憂いの紗《しゃ》がかかる。胸の前に手を束《つか》ね、「ええ、本当に」と吐息した。

良人《おっと》であった善助の亡骸《なきがら》を始末したと白状されても、取り乱さず最後まで話を聞いていたお妙である。涙を目の縁に溜めながら重蔵にかけてやった言葉を、ここでももう一度繰り返した。

「重蔵さんが悪いわけじゃないことは、よく分かっているんです」

三

嘘《うそ》ばかりと思われた重蔵の来歴は、案外事実と離れすぎてはいなかった。

上野国《こうずけのくに》の出という話すら疑っていたが、それは本当だったらしい。ただ浪人となり江戸に出てきたのが、天明《てんめい》三年（一七八三）のこと。十年近くも住んでいる計算になる。ならば当然江戸の風俗に詳しくなるし、鰹が好物にもなろう。

江戸に来て間もないというところが、嘘だった。

天明三年といえば、浅間《あさま》焼けの年である。浅間山が火を噴き、江戸でも家の障子がびりびりと揺れ、灰が雪のごとく降ってきたのを只次郎も覚えている。

上野国ではなおのこと被害は甚大で、高温の泥流が村を襲い、川を堰《せ》き止め、田畑を埋め尽くした。犠牲となった人馬は数えきれず、遺《のこ》された者は食料の不足に喘《あえ》ぐ。養蚕《ようさん》で暮らしを立てていた村などは、畑が埋没した上に他国から米が入らず深刻な事態となった。

だがどんなときにも意地汚く金を儲けようとする輩《やから》はいるもので、値が吊《つ》り上がるのをいいことに、米屋の買い占めが横行する。民草の餓《う》えと不満は膨らみ続け、やがて中山道《なかせんどう》の馬子《まご》や人夫、駕籠《かご》舁《か》きらが中心となり、米屋を襲撃する事態となった。

その騒動は安中《あんなか》領から東信濃《ひがししなの》の佐久《さく》、小県《ちいさがた》方面にまで広がり、大規模な打ち壊し一揆《いっき》へと発展してゆく。凶徒と化した人々は金品や衣類、食料を強奪し、事態の収束のため武力による弾圧が行われた。

重蔵はそのころ、小藩の下級武士だった。武士とは名ばかりで暮らし向きは庶民と変わらぬほど貧しく、そのころから根付《ねつけ》を彫って生活の足しにしていたという。妻を娶《めと》る余裕すらないがゆえに、食うにも困る民草には日頃《ひごろ》から同情を示していた。

ことの起こりは打ち壊し騒動の前、上役《うわやく》も交えた酒の席である。飲めぬ酒を勧められ、重蔵は「こんなところで米の汁など飲んでいる場合であろうか」と異を唱えた。

領内の田畑はいまだ灰土に埋もれたまま、民草は粟粒《あわつぶ》にすらありつけぬ。早急に米屋の買い占めをやめさせて、蔵を開かせるがいい。そういったことを、口下手らしくしどろもどろに訴えた。

聞く者を説き伏せられるほどの弁舌があれば、その先の運命はまた別のものになっていたのかもしれない。だが重蔵はその数日後、藩政を批判したとして蟄居《ちっきょ》を命じられた。打ち壊しが起こってからは騒動を煽《あお》ったのではないかとあらぬ疑いまでかけられて、召し放ちの憂き目を見ることとなったのである。

「融通《ゆうずう》が利かず酒も飲めず、世辞《せじ》の一つも言えない、拙者は上役から煙たがられていたのであろうな」

当時を振り返る重蔵の、口元は苦々しげに歪《ゆが》んでいた。

領内に居場所をなくし、再仕官の道を探って江戸に出てきたところで、うまい話は転がっていない。それどころかたちの悪い口入れ屋に引っかかり、気づけば深川《ふかがわ》一帯をシマとするやくざ者の用心棒に収まっていた。

幸いにも腕に覚えはあった。縄張り争いや殴り込みに巻き込まれ、やむなく人を斬りはしたが、己が大怪我《おおけが》を負うことはなかった。

死線を潜《くぐ》るごとに目つきに凄《すご》みが増し、堅気《かたぎ》には見えなくなってゆく。かといって足抜けも敵《かな》わず、どこで道を間違えたのかと自問する日々が四年ばかりも続いた。

近江屋に声をかけられたのは、天明七年（一七八七）の夏のことである。重蔵が雇われていた一家の親分と懇意らしく、小藩を召し放ちになった経緯《いきさつ》もよく知っていた。

折しも全国的な不作により江戸でも米の値が高騰し、米屋や一部の商人が買い占めをはじめていたころである。近江屋は酒の飲めぬ重蔵に茶を勧め、このままいくと近いうちに打ち壊しが起こるだろうと述べた。

民草の不満の高まりは、重蔵も肌で感じていた。おそらく数人が行動に移せば、騒動は熱い渦となってたちまち江戸中に広がるだろう。上野と信濃の例を見てきただけに、日頃は気のいいご亭主やおかみさんが、いとも簡単に掠奪者《りやくだつしや》になることを知っていた。

「草間様のお国元では、ずいぶん荒れたそうですね。ですが優《すぐ》れた先導者さえいれば、そうはならなかったと思いませんか？」

近江屋は、この流れはもう止められぬと言った。急速に膨らみきった不満は、いったん爆《は》ぜさせねば解消されない。でも万が一近江屋や、つき合いのあるお店にまで火の粉が及んではつまらぬ。せめて騒動に規律を設けられないかと考えているのだと囁《ささや》いた。

「そこで草間様のように、民草に寄り添いつつも正義のある方に立っていただきたいのです」

そのように掻き口説かれても、重蔵の心は少しも動かなかった。近江屋は思い違いをしている。あの酒の席での発言を、重蔵は失言と捉えていた。決して義憤にかられて召し放ちになったわけではなかったのである。

「拙者には、荷が重い」

だから近江屋からの誘いを一度は断った。ところがその数日後、重蔵は米屋の前にひれ伏す母子《おやこ》を見てしまった。

どうか米を売ってください。病気の亭主に、せめて粥《かゆ》くらいは拵《こしら》えてやりたい。そう訴える二人を、米屋の女房は箒《ほうき》で追い立てていた。

米屋に米がないわけではない。ただ値を吊り上げたくて売り渋っているだけだ。

なんとも馬鹿らしい。人の苦しみの上に築かれる富になど、いかほどの価値があるだろう。このような米屋が打ち壊しに遭ったところで、なんら痛痒《つうよう》を覚えない。だがあの母子のごとき者が、ただの掠奪者として弾圧を受ける側に回るのは忍びなかった。

「騒動に規律を、か」

重蔵は我知らず呟いていた。そんなことが可能なのかどうかは分からない。それでもすでに、腹は決まっていた。

打ち壊しの先導をした草間某《なにがし》とは、やはり重蔵だったのである。

騒動の火種となる手勢は、暇を持て余している武家の二、三男とした。

ごろつきならばいくらでも集められたが、奴《やつ》らにはもとから規律がない。その点武家の坊ちゃんならば扱いやすかろうと、提案したのは近江屋だ。

彼らを勧誘した文言も、浅草蔵前《あさくさくらまえ》などに立てた幟《のぼり》の賂《まいない》政治への批判も、考えたのは近江屋である。重蔵は、ただ言われたとおりに動くだけ。そうすれば民草の凶徒化は防げるものと信じたかった。

だが人の意志というものは、数が莫大《ばくだい》になればなるほど制御の利かぬものとなる。己の心すらまともに扱い得ず、より大きく強い流れに巻き込まれてゆく。

それは目には見えぬ巨大な化け物だ。そんなものを規律で縛ろうというのは、どだい無理な話であった。

これはまずいと、気づいたときにはもう遅かった。はじめは重蔵の言葉に耳を傾けていた人々も、しだいに狂騒の渦の中に取り込まれていった。家人が逃げた家の中で目を血走らせて金品を漁《あさ》る者どもを見て、人とはこういうものなのだと重蔵は悟った。

家族思いの穏やかな亭主も、数を頼めば容易に人を叩きはじめる。世直しのはずが世を乱し、正義はいつしか悪となる。もはや制御などできなくて、手を放すよりほかになかった。

結果騒動は江戸中に広がって、数多《あまた》の米屋、搗米屋《つきごめや》、商家が災難に遭った。中には近江屋と親しい店もあったらしい。

「困りますねぇ、草間様」

近江屋はにやにやと笑いながら重蔵を責めた。

「お仲間に累が及ばぬようあなた様にお願いしたのに、話が違うじゃありませんか」

と狡猾《こうかつ》に目を細めた。打ち壊しの主導者としてお上に突き出されたくなければ、手足となって働くよう求められた。

「話を持ちかけてきたのは、そこもとではないか」

「おや、そうでしたかねぇ。ま、浪人風情《ふぜい》の言うことなんざ、いくらでもひねり潰《つぶ》せますから差し支えはございません」

かねてから近江屋は、重蔵の腕っぷしに目をつけていたのだろう。いいように利用した挙げ句、己の用心棒として引き抜いた。騒動が治まってから近江屋に材木の注文が入りはじめたのを見て、はじめから担《かつ》がれていたのだと知る重蔵であった。

かくも強引な男ゆえ、近江屋に恨みを持つ者は多い。

有能さが鼻についたという番頭は店の金を着服したと濡《ぬ》れ衣《ぎぬ》を着せられ、店を追われた後もつきまとっていた。空証文《からしょうもん》を掴《つか》まされ一家離散し、遊郭に売られた同業者の娘は、執念の年季明けに道端で懐剣を突きつけた。親戚《しんせき》の者でさえ婿養子ながら店を大いに発展させた近江屋に頭を押さえつけられ、煙たがっている。

重蔵の活躍の場はいくらでもあった。それでもなるべく刀を抜かずに相手を追い払ったり、捕らえたりするよう心がけた。無駄な殺生《せっしょう》を積み上げて評判を落としたくはない近江屋は、それでよしとしてくれた。

やくざ者に雇われていたころよりは人を斬らずともよく、食いっぱぐれることもない。人は易《やす》きに流れるもの。ならばこれも悪くないのではないかと諦《あきら》めて、二年余りもそうして暮らした。

ところがある夜、重蔵の住まいとして割り当てられていた粗末な離れに、近江屋が直接顔を出したのである。用があるなら人を呼びに遣《や》ればいいものをと訝《いぶか》りつつ、導かれるままに裏庭までついて行った。裏庭には近江屋自慢のメダカを養う水船《みずぶね》（水槽）がいくつも並んでいる。その陰でひっそりと、一人の男が死んでいた。

手燭《てしょく》の火をかざしてみると、腰から上がぐっしょりと水に濡れ、顔はどす黒いほど赤い。よく見れば、近江屋の袖《そで》も濡れていた。

「これは――」

口を開きかけた重蔵を、近江屋は手で止めた。なにも聞くなということだ。

「捨ててこい」とだけ言って、懐から出した手拭《てぬぐ》いで顔を拭った。

十一月も半ばを過ぎ、水は冷たい。しかし近江屋の手が震えていたのは、寒さのためだけではないようだった。

「夜が更けるのを待って、溺死《できし》を装って川へ流しなさい。こいつはそうだ、酒に酔って、誤って橋から落ちたんだ。昌平橋《しょうへいばし》あたりがよろしかろう。棺桶《かんおけ》に入れて行くとい い」

近江屋は、口早に指示を与えてくる。葬式は夜に行われるのが普通だから、棺桶を背負った者が歩いていても不思議はない。動揺しつつもよくぞ頭が回るものだと感心した。

死んだ男は身なりからして堅気のようだった。顔を近づけると水のにおいより強く酒精が香った。弱みを握られている重蔵に、断るという選択はなかった。

紙入れや印籠《いんろう》など、身元の分かりやすいものを抜こうとすると、「そのままでい い」と近江屋が止めた。誤って川に落ちたと見せかけるなら、なにも持っていないのはたしかにおかしい。

一方で水場は他にいくらでもあろうに、深川木場《きば》から神田の昌平橋まで亡骸を運べというのは解せなかった。尋ねたところで答えが返ってくるはずもなし、重蔵はそれ以上考えるのをやめた。

座棺は駕籠のように男二人で担ぐものだが、近江屋は他に人を使いたくはないらしい。ならばと背負い梯子《ばしご》に括《くく》りつけて運ぶことにした。

木場から外神田までは、手ぶらで歩いても半刻《はんとき》（一時間）はかかる。その道のりを重蔵は、一歩一歩踏みしめて行った。

荷縄が肩に食い込み、人一人分の重みがどんどん増してゆく。通りに面した家の灯《あか》りが消えたのを見て、この男にも帰る家があったろうにと虚《むな》しくなった。

昌平橋には丑《うし》三つ時（午前二時）にたどり着いた。辻に立つ夜鷹《よたか》の姿すらすでになく、人目がないのを確かめて、重蔵は土手から川辺へと下っていった。棺桶を背負っているせいでともすれば斜面を滑り落ちそうになり、ようやく河原の石を踏んだと思ったときには、体から湯気が立ち昇るほど汗をかいていた。

だがのんびりしてはいられない。棺桶から亡骸を引きずり出すと、胸から上が早くも硬くなっていた。

川の水は少なく、これならば海まで流れ出ることなく途中で見つけてもらえるだろう。重蔵は亡骸を水辺に横たえ、長刀の鞘《さや》で深みへと押しやった。仰向《あおむ》けだった亡骸は流れに乗るとくるりとうつ伏せになり、ゆっくり遠ざかってゆく。せめてもの弔いに、その姿が見えなくなるまで手を合わせて見送った。

こんなことを、いったいいつまで続ければいいのだろう。

あの男がなぜ殺されたのかは分からないし、探るつもりもないが、どのみち近江屋があくどいことをしたに決まっている。その後始末のために、汗をかくのは自分である。

体が芯まで冷えきっても、重蔵はその場を動けなかった。

遠くで猫がギャーと鳴き、やっと正気を取り戻した。誰にも怪しまれぬよう、夜陰に紛れて木場まで帰らねばならない。軽くなった棺桶を背負い、今度は危なげなく土手を登る。

東の空はまだ明ける気配がなかった。木場のある方角である。

重蔵は爪先《つまさき》を東に向けてしばらく佇《たたず》んでいた。それから棺を背負い直し、身を翻すと西を指して歩きはじめた。


「そのときの亡骸がお妙さんのご亭主だったと知ったのは、『ぜんや』に雇われてしばらく経《た》ってからのこと。気づいてからも言い出すことができず、まことに申し訳ないことをした。拙者のことは、煮るなり焼くなり好きにしてくれ」

そこまでの来歴を語り終えた重蔵は、後ろ手に縛り上げられたまま畳に額を擦《こす》りつけた。口では謝っているが、許されようとは思っていないらしかった。

黙って話を聞いていた只次郎には、なるほどと腑に落ちるものがあった。お妙を好いているのは明らかなのに、水を向けた只次郎に対し重蔵は、お妙と一緒になる資格はないというようなことを仄《ほの》めかした。それはつまり、過去の罪が枷《かせ》となっていたからだろう。

重蔵は、お妙に罰されたいようだった。だがお妙の目は、重蔵を捉えてはいなかった。

「やはり良人は、近江屋さんに殺されたんですね」

虚《うつ》ろな声にはっとしてそちらを見ると、お妙は顔を真っ白にして、今にも倒れんばかりだった。それでも只次郎が差し伸べた手に縋《すが》りもせず、気丈にも手の甲をつねって耐えている。青ざめた唇が、「なぜ?」の形に動いた。

近江屋が善助を手にかけた経緯は、重蔵にも分からない。二人の共通点といえば、同時期に炭薪《たんしん》問屋「河野屋」に奉公していたということくらいだ。その当時の宿怨《しゅくえん》が、時を超えて蘇《よみがえ》ったとでもいうのだろうか。

真実を解き明かすための、材料はまだ揃わない。只次郎はあらためて重蔵に向き直った。

「話すべきことは、まだありますよね。『ぜんや』に関《かか》わるようになったのは、偶然ではないのでしょう?」

そんなうまい話はあるはずがない。重蔵は重苦しげに眉《まゆ》を寄せ、「ああ」と頷《うなず》いた。

善助を神田川に流した後、重蔵は木場には戻らなかった。近江屋の元で働くことに、疲れきっていたのかもしれない。やくざ者の用心棒だったころは、やり合う相手もしょせんはごろつき。近江屋の場合は、向こうが善良な庶民であることが多かった。

どうせなら、江戸から遠く離れたほうがよかったのかもしれない。だが食い詰め浪人など田舎に行ってもますます食えない。重蔵は甲州《こうしゅう》街道一の宿場町、内藤新宿《ないとうしんじゅく》に留《とど》まった。

そこでもけっきょく賭場《とば》の用心棒として雇われて、自分はつくづく腕が立つように見えるらしいと苦笑した。再仕官などとうの昔に諦めており、武士の身分を捨てることも考えたが、慣れ親しんだ刀を手放すことを思うと踏ん切りがつかなかった。

そうやってならず者相手の仕事を一年半ばかりも続けたころ、一人の男が重蔵を訪ねてきた。天明七年の打ち壊しの際に声をかけ、行動を共にした武家の二、三男のうちの一人だった。

男は「黒狗組」を名乗っており、近々でかい儲け話があるから乗らないかと持ちかけてきた。鮎《あゆ》売りの娘が内藤新宿で重蔵に似た男を見たと言っていたのは、このときのことだろう。そしてでかい儲け話とは、「黒狗組」の一部の者が妖怪《ようかい》の仕業《しわざ》に見せかけて女の髪を切り落としていった、髪切り騒動を指していた。

「生憎《あいにく》だが」と、重蔵は誘いを断った。

打ち壊しの際の同志が「黒狗組」を結成し、始末に負えなくなっていることには胸を痛めた。やめるよう説得しても、聞き入れてはもらえなかった。

気がかりは、それよりもまた別にあった。

「ときに拙者が内藤新宿にいると、なぜ分かった」

尋ねてみると、仲間の一人がわざわざこんな所にまで飯盛女《めしもりおんな》を買いに来て、重蔵を見かけたのだという。江戸にも内藤新宿にも人は溢《あふ》れ返っているというのに、たまたま来た知り合いに見つかるとは皮肉なものだ。

居所が知れてしまったのなら、遅かれ早かれ近江屋にも見つかるだろう。重蔵はすぐに内藤新宿を引き払い、江戸市中に戻って麹町《こうじまち》の裏店を借りた。逃げるなら江戸からさらに離れようとするはずだ。重蔵としては裏をかいたつもりだった。

とはいえここでまた用心棒などやろうものなら、あっという間に足がつく。幸い内藤新宿で貯《た》めた金が手元にあり、当分は焦ることもない。重蔵は根付を彫って売りながら、暮らしを立ててゆく算段をつけた。

だがそれも、火事で焼け出されるまでのこと。身一つで逃げ出したはいいが頼るあてもなく、橋の下で野宿していたところを顔見知りの近江屋の手代に見つかった。

「おや、ずいぶん遅いお帰りでしたねぇ」

近江屋は眼前に引っ立てられてきた重蔵を見て、顔中の皺《しわ》を畳んで笑った。数年前よりも腹に脂を蓄えて、いっそう狡《こす》っからい風貌《ふうぼう》になっていた。

「お前さんはどうも、腰が軽くっていけないねぇ。そこで考えたんだが、そろそろ所帯を持っちゃどうだい。すでに適当な女を見繕っているんです。後家だが一人にしとくのはもったいないくらいのいい女ですよ」

そこで出てきたのが、『ぜんや』という居酒屋の名前だった。断ればなにも知らぬその女の身まで危うくなると仄めかされた。

近江屋は町奉行所の同心や与力にもたっぷりと袖の下を渡しており、無辜《むこ》の民をも咎人《とがにん》に仕立て上げることができる。重蔵とて打ち壊しの先導者どころか、人殺しの汚名を着せられて引っ立てられるやもしれなかった。

手筈《てはず》は整えてあるから神田花房町に行くようにと促され、渋々行ってみればちょうど店の前で御家人風の二人連れが暴れていた。後から分かったことだがあの二人は、重蔵が出奔した後に雇われた浪人者だったらしい。

いったいなんの手筈だと呆《あき》れたが、鯉口《こいぐち》を切った男の前に進み出た女人を見てつい体が動いてしまった。

なにが「適当な女」だと腹が立った。一人で店を切り盛りしているというから妾《めかけ》奉公でもしていたのかと思いきや、見たところ堅気の女ではないか。

名前はそう、お妙といった。たおやかながらも一本芯の通った目をして、店に上がってゆくよう勧めてきた。

関わり合いになってはいけないことは、分かっていた。だがそれから幾日も、お妙の面影が頭から離れなかった。

近江屋に従わなければ、本当にあの女が憂き目を見ることになるのだろうか。実行するかどうかはともかく、近江屋にその力があることだけはたしかだった。

日本橋でお妙に再会したときも、重蔵は迷っていた。迷いながらも勧めに従い、深川飯を馳走《ちそう》になった。腹が固まったのは、お妙から用心棒の話を持ち出されたときだった。

すでにこの女人を巻き込んでしまったのなら、自分が傍《そば》にいたほうが守れる。近江屋には夫婦《めおと》同然になったということにして、欺《あざむ》いておけばいいのである。

そのころはまさか近江屋自らが様子を窺《うかが》いに『ぜんや』を訪れるようになるとは、夢にも思っていなかった。

四

雑煮の椀を片づけて、お妙は前掛けで手を拭いながらお勝の隣に座った。

不安な正月の幕開けである。年末年始の慌ただしさの中にあるせいか、近江屋はあれからなにも仕掛けてこない。ならば相手を構えさせぬよう、できるかぎり普段どおりに過ごそうと決めた。

節分の夜の賊が近江屋の差し金であったとは、気づいていないふりを装っている。慇懃《いんぎん》に腰を屈《かが》めつつ人を見下しているあの男なら、愚かなものだと侮《あなど》るだろう。そうやって油断してくれている今のうちに、対策を練っておかねばならない。

「まさか根付に手紙を仕込んでいたとはねぇ」

コン。お勝が灰吹きに煙管を叩きつけ、灰を落とす。燃え残りがジュッと消える音を聞き、只次郎も吐息をついた。

「手先が器用というのも考えものですね」

お妙と夫婦になったわけでないことはすぐにばれてしまったが、近江屋は「まぁよい」と鷹揚《おうよう》に微笑んだという。その代わり、店の中で不穏な動きがあった場合には必ず報告するよう求められた。

「しかし不穏の中身が分からぬ」と、重蔵は食い下がった。不穏といっても多岐にわたる。只次郎が武家の身ながらしょっちゅうお勝に小突《こづ》かれているのも不穏には違いないが、求められているのはそんなことではないのだろう。

すると近江屋は、声を潜《ひそ》めて口早に言った。

「お上に対する批判や、反乱についてだ」

そういった話を『ぜんや』で聞いたことはないと、重蔵は即答した。それでも近江屋はいいから言うとおりにしろと頭を押さえつけてきた。

店の者に怪しまれぬよう、変事のあるなしは小さな紙に書き、根付に仕込んでおくようにという指示だった。それを近江屋の手代が、毎月決まった日に買いにくる。ぶんぶく茶釜《ちゃがま》や獅子頭といった、一部が開くよう細工された根付はそのためのものだったのだ。

重蔵は手紙に、『変わりなし』と書き続けた。茶会と称してお妙とご隠居たちがなにやら話し合っていたのには気づいていたが、そのときもやはり『変わりなし』。あまりにも代わり映えがなかったため、先日の襲撃は本気ではなく、真面目《まじめ》にやれという警告だったのではないかと重蔵は踏んでいる。

「重蔵さんは精一杯、私を守ろうとしてくださっていたんですね」

善助の亡骸を捨てた当人とはいえ、望んでしたことでもなし、直接手を下したわけでもない。それについてお妙は少しも恨んではいないようだ。真実を切り出せなかったのも、その状況ならばやむを得ないと分かっている。

「でもなぜ私たちが、反逆者のように扱われているんでしょう」

お妙は不安げに、両手をぎゅっと握り合わせた。お勝も落ち着かぬ様子で、早くも煙管に新しい煙草を詰めている。

年が明けるまでは慌ただしく、なかなか膝《ひざ》を突き合わせて話すことができなかった。今はこの三人より他に人はない。只次郎は頰を引き締め、心持ち身を乗り出した。

「それについて考えてみたんですが、お妙さんの御父君の、生前の働きに由来するんじゃないでしょうか」

ご隠居たちから聞いたところによると、お妙の父佐野秀晴《さのひではる》は先の老中田沼主殿頭《たぬまとのものかみ》に上申したことがあったというし、これからの世は金だと言って商業を重んじる姿勢も示している。その点で田沼嫌いであった松平越中守《まつだいらえっちゅうのかみ》周辺からは、睨《にら》まれていたのではあるまいか。

　今のお上は田沼派を追い落としてその地位に就いた、老中松平越中守を中心に成り立っている。ならば田沼派の残党と思《おぼ》しきを、警戒するのは道理と思えた。

「そんな、途方もないことを」

　お妙は困ったように眉を寄せる。松平だの田沼だの、雲の上の人と思われまったく想像が働かないのだろう。武家とはいえせいぜい小十人《こじゅうにん》番士の子である只次郎とて、同じである。

「ですがお妙さんがこんなふうに見張られるのは、はじめてのことではないでしょう」

　只次郎がそう言うと、お妙ははっと息を呑《の》んだ。聡明《そうめい》な女である。本当は、薄々勘づいていたのだろう。

「駄染《だぞ》め屋と、佐々木《ささき》様だね」

　お妙の代わりに、お勝が険《けわ》しい顔をした。

　駄染め屋と鶯の糞《ふん》買いであった又三《またぞう》を使い、お妙を探らせていたかつての小十人頭の顔が浮かぶ。蛇にも似たあの男も、おそらく誰かの意を汲《く》んで動いていたのだ。

「駄染め屋が裏店に住み着いたのは、善助さんが亡くなってからのことでしょう。これは当て推量にすぎませんが、その死をきっかけに善助さんの過去が明るみに出たのだとすれば――」

お妙の父の手足となって、薬を売り歩き連絡係まで務めていた善助である。ならば『ぜんや』は田沼派の根城《ねじろ》かと、目をつけられたとしても不思議はない。

「本当に、途方もないねぇ」

お勝が口からも鼻からも、盛大に煙を吐いた。佐々木様や近江屋を意のままに扱えるほどの大物が背後に控えているのならば、しがない町人や貧乏旗本の次男坊ではとても歯が立たない。

重蔵という証人がいるのに、近江屋すら善助殺しの罪に問うのは難しいのだ。ただの浪人の訴えなど、もみ消すのは蠟燭《ろうそく》の火よりも簡単である。近江屋の鼻薬が効いている町奉行所は、そんなことでは動かない。吟味《ぎんみ》方与力《かたよりき》の柳井殿が請け合うくらいだから、実際そうなのだろう。

「お妙さんは、どうしたいですか」

この状況で、お妙の意向を問うのは酷かもしれない。それでも近江屋に公の裁きを加えたいのか、私怨として仇《かたき》を討ちたいのかは、お妙が決めるべきだった。

「私は、本当のことが知りたいです」

お妙は真《ま》っ直《す》ぐに只次郎を見返し、そう言った。

「良人と又三さんが、どうして死ななければならなかったのか。はっきりと聞かせてほしいです」

途中で声が震えたが、迷いはないようだった。

なにごとも、真実を知らねばはじまらない。只次郎は「分かりました」と頷いた。

「まったく、なにやってんだろうね、善助は」

お勝がお妙の肩を抱き、額を合わせる。謎《なぞ》ばかり残して逝《い》った弟だ。我が子同然のお妙に寄り添って善助の死を眺めるお勝もまた、遣りきれなさに包まれている。

そんなしんみりとした気配を吹き飛ばすかのように、勝手口の戸が勢いよく開いた。

伸びやかな女の声がそれに続く。

「ねぇお妙ちゃん、恵方《えほう》参りに行かないかい」

裏店に住むおえんである。寒くはないのかと心配になるほど、胸元を緩く合わせて首に手拭いをかけている。

「その後でさ、初風呂《はつぶろ》と決め込もうよ」

なるほど、そのつもりの手拭いらしい。

「いいですね。どこまで行きましょう」

お妙は声を励まして、微笑みを浮かべた。正月早々家に籠《こも》っているよりは、外に出たほうが気晴らしになる。

「築地御坊《つきじごぼう》がいいかと思うよ」

恵方参りはその年の恵方にある社寺に詣《もう》でる習いだ。今年の恵方は丙《ひのえ》（南南東）である。

「あら、けっこう行きますね」

築地までは、女の足でも半刻もあれば着く。たいした道のりではないが、相手は運動嫌いのおえんである。

「あたりまえさ！」と、おえんは得意気に胸を張った。

節分の夜、厄払いに扮した賊に女力士呼ばわりをされたのがよほど応えたらしい。目方を減らすよう勧めてものらりくらりと躱《かわ》していた女が、ついに重い腰を上げたのだ。

「猫のシロは無事に子を産んだし、今日は朝から数の子をたんまり食べた。あとはしっかり子宝祈願をしてこなきゃね」

「はいはい、行ってらっしゃい。アタシは正月早々亭主を放《ほ》ったらかしにしてるもんで、いったん家に帰るよ」

「おや、お熱いねぇ、お勝さん」

「アンタだけじゃなく、アタシまで子ができちまうかもしれないねぇ」

恵方参りには、おえんの亭主も行くそうだ。

「お侍さんはどうだい？」と誘われて、只次郎は「お供します」と頷いた。

五

「お宝お宝ェ～、宝船宝船」

往来から、宝船売りの呼び声がする。

正月二日の名物で、七福神乗り合い船の図に『長き夜のとおの眠《ねぶ》りのみな目ざめ波のり船の音のよきかな』の歌を添えて刷り出したものを売り歩く。枕《まくら》の下に敷いて眠れば吉夢が見られると、家々ではこれを呼び止める。

添えられた歌は下から読んでも同じ文句だ。誰が考えたか知らないが、よくできたものである。

太神楽に鳥追《とりおい》の女太夫《おんなだゆう》に獅子舞と、門付けの芸人は引きも切らず、元日とは打って変わって大賑わい。往来に人がいれば、ぽつりぽつりと客も入る。さらに昼過ぎになると、仲買人の「マル」と「カク」を筆頭に、初売りを終えた魚河岸の男たちがこぞってやって来た。

「お妙さん、今年もよろしくな！」

新年の挨拶を口々に交わし、店内はたちまち酒のにおいと野太い笑い声に満たされる。初売りの景気がよかったようで、お妙やお勝におひねりを手渡す者もいた。

「いえ、私はけっこうです。ええ、お気持ちだけで」

「兄さんにも」と差し出されるおひねりを丁重に断り、只次郎は勝手口近くに置かれた酒樽《さかだる》に腰掛けた。いまだ裏店から出てこようとしない重蔵の代わりに、用心棒を務めるつもりである。

今日は年礼廻りに忙しく、大店《おおだな》の旦那《だんな》衆は『ぜんや』に顔を出すことはできないだろう。近江屋もまたその例に洩《も》れず、こちらに構っている暇はなかろうが、気は引き締めておかねばなるまい。

「おや、いつもの用心棒はどうしたい」と客に聞かれ、「昨年からの風邪が長引いておりまして」と如才なく返す。内心では、重蔵に対する苛立《いらだ》ちが募っていた。

己の正体を洗いざらい打ち明けて気が抜けたのか知らないが、今こそお妙を守らねばならぬというときにこの体たらく。いい加減にしてくださいと今朝も叱《しか》り、店に出るよう促したが、重蔵は季節外れの蝸牛《かたつむり》のように夜着を被って、「お妙さんは拙者の顔など見たくはなかろう」とじめついたことをのたまっていた。

たんに顔を合わせづらいだけだろうに、お妙の気持ちを慮《おもんぱか》っているつもりになっているとは片腹痛い。けっきょく朝飯も昼飯もお妙に運ばせて、手間をかけているだけである。

重蔵も交えて今後のことを、話し合っておきたいのに。

本当のことが知りたいとお妙は言うが、近江屋に真正面から聞いたところで取り合ってくれるはずもなく。力任せに攫《さら》って脅すという物騒な案が頭を掠《かす》めたものの、後からお上に訴え出られては敵わない。

はてさて、どうしたものだろうか。

「そんなところでなに難しい顔してんだよ。ほら兄さん、こっちに来て飲みな」

握った拳《こぶし》を口元に当てて考え込んでいると、小上がりから声がかかった。すでに上機嫌の「マル」が、只次郎を手招いている。

「いえ、私は――」

それどころではないと断ろうとしたが、お妙がすっと近寄ってきて囁いた。

「お昼、食べちゃってください。林様と一緒に食べるとご飯がいっそう美味しくなるって、みなさん喜んでいますから」

近ごろ魚河岸の男たちからやけに食べっぷりを褒められると思ったら、そういうことだったのか。いい塩梅《あんばい》に腹が鳴り、お妙が笑いながら小上がりへと促す。分かってはいたが、やはり自分には用心棒の風格がないらしい。

事があったときのため、鞘ごと抜いた長刀をすぐ傍に置き、只次郎は酔客の輪の中に加わった。

「まま、一献《いっこん》」と、さっそく「カク」がちろりを差し出してくる。床几《しょうぎ》では早くも渋い喉《のど》を披露する者があり、魚河岸の男たちはいつもより上機嫌である。

彼らの膝先にはすでに、平皿に少しずつ盛られた正月料理が並んでいた。

黒豆、ごまめ、白いんげん豆のきんとんだ。勧められて箸を取り、只次郎はきんとんを摘《つま》み上げた。

「ああ、うまぁい！」

甘く煮たいんげん豆は、半量だけを潰して豆の食感を活《い》かしてある。酒の進む味ではないが、舌に残った甘みがきりりと洗い流され、相性は案外悪くない。

「さっそく出たよ、お決まりのが」

「新年から縁起がいいなぁ」

只次郎の食べっぷりは、もはや『ぜんや』名物となりつつあるようだ。

赤貝と分葱《わけぎ》の酢和《あ》え、数の子と木耳《きくらげ》の白和《しらあ》え、塩鰤《しおぶり》の焼き物と、料理は続く。

「妾は赤貝のごとし。子を産むと味わいなし、か」

酢和えを摘みながら、「マル」が顔を綻《ほころ》ばせた。

空になった平皿を下げながら、お妙が「まぁ、ひどい」と聞き咎める。

「俺が言い出したんじゃねぇよ。女を魚に譬《たと》えた番付があって、面白れぇなと覚えてただけで」

「おやおや、妾を養うほどの甲斐性《かいしょう》もないくせにかい？」

酒を運んできたお勝が加勢し、「マル」はあっさりと降参した。

「まったく、ここの女たちにゃ敵わねぇや」

そこここで笑い声が弾《はじ》ける。平和だなぁと、只次郎は周りを見回して目を細めた。

不穏な気配が迫っているからこそ、なにげない日常が際立《きわだ》って見える。お妙は本来こちら側の人間だ。降りかかる火の粉はできるかぎり払ってやりたい。客の冗談に、心の底から笑えるように。

「ところでお妙さん、今日って飯は炊いてくれるのかい？」

床几ではせっかちな者が、早くも飯の心配をしている。小上がりの客も、「ああ、そうだよな」と同調した。

「昨日は餅が食えると喜んだけどよ、すでに厭いてきてんだよなぁ」

「その点飯は毎日食っても厭きるということがない。まったくすごいもんだよ」

「やめてくれ。今すぐにでも湯漬けをさらさらと掻っ込みたくならぁ」

飯好きの江戸っ子の、本領発揮である。まだ二日目の昼だというのに、もう飯が恋しくなっている。

そんな男たちの心情を踏まえた上で、お妙はしれっと微笑んで見せた。

「お望みとあらば炊きますが、餅料理のご用意もありますよ」

「なんだよぉ、また雑煮かよ」

「いいえ、違います」

「分かった、安倍川《あべかわ》だ！」

「大根おろし！」

「納豆！」

「揚げ出汁！」

思いついた順に餅料理の名前が上がる。お妙はそれらすべてに首を振った。

「ちくしょう、なんだってんだよぉ」

ついに「カク」が音を上げて、お妙の微笑みが深くなる。

「召し上がります？」と問われ、否《いな》と答えられる者はなかった。

膝先に置かれた椀の中では、茹《ゆ》でた切り餅が二つ積み重なっていた。その上から葛《くず》を溶いた餡《あん》をかけ、おろし生姜《しょうが》と柚子《ゆず》の皮を散らしてある。

ほくほくと湯気を立てる一品は、旨そうには見える。だがお妙がなぜあれほどもったいぶったのか分からないほど、素朴で工夫のない料理だった。

魚河岸の男たちだけでなく只次郎も、言葉をなくして顔を見交わす。あからさまに期待外れと、顔に書いている者すらいる。

周りの落胆が伝わらぬはずもないのに、お妙はにこにこと反応を窺っていた。

これはきっと、なにかある。只次郎はそう踏んで、誰より早く箸を取った。餅料理をなににしようと頭を悩ませていたお妙が、つまらぬものを出すはずがない。

「あっ！」

上段の餅を摘み上げ、驚いた。お妙の意図がようやく摑めた。

「これ、下のは餅じゃありません。豆腐です！」

「なんだって？」

男たちが一斉に箸を取る音がした。

温められた絹ごし豆腐と、茹でた餅。どちらも白いもの同士、ぴったり同じ大きさに切り揃えられているから、一見して分からなかった。

餅を小さく齧《かじ》ってから、豆腐をひと切れ口に含む。もちもちとつるつる、異なった二つの食感に餡が絡み、頭で思い描いていたよりも旨い。

「合歓《ごうかん》豆腐という料理です」

箸を使う音が止まらなくなってから、お妙がようやく口を開いた。

合い歓《よろこ》ぶとは、なんとも艶《つや》っぽい名前である。白肌同士の組み合わせに、すっかり騙《だま》されてしまったではないか。

とそこまで考えて、只次郎の脳裏にはっと閃《ひらめ》くものがあった。

「草間殿、草間殿！　寝ている場合ではありませんよ」

裏店の障子戸を開け、草履《ぞうり》を脱ぐのさえもどかしく上がり込むと、只次郎は部屋の中央にこんもりと盛り上がっていた夜着を剥いだ。

重蔵が手足を縮め、迷惑そうに寝返りを打つ。幾度となく見た光景だが、只次郎は膝をつくとその肩を摑んで揺さぶりはじめた。

「草間殿にしかできぬことがあるのです。お妙さんのために働いてください！」

「拙者にしか、できぬこと？」

重蔵は横たわったまま目を開き、鸚鵡《おうむ》返《がえ》しに呟いた。

「そうですよ。そろそろ汚名返上といきたいでしょう」

「いや。拙者はもはやお妙さんに許されようとは――」

「いつまでごちゃごちゃ言うつもりですか」

苛立ちが込み上げると同時に、手が動いた。重蔵の衿元《えりもと》を摑み、引きずり起こす。

「あなたもお妙さんに惚《ほ》れているのなら、しっかりなさい！」

今の重蔵は、好いた女に軽蔑《けいべつ》されるのではないかという不安が罪悪感にすり替わっているだけだ。そこには己の都合しかなく、お妙に対する配慮など皆無である。

「たとえ蛇蝎《だかつ》のごとく嫌われていたとしても、お妙さんを守ることを諦めては駄目でしょう」

息のかかる近さで重蔵を睨み据える。善助の死に関わったことをすまなく思うなら、なおさら投げ出してはいけないことだ。

「手を放せ」

間近で見る重蔵の眼光は、痛いほどの鋭さがある。怯《ひる》むなと己に言い聞かせ、只次郎は重蔵を解放するどころか、衿元を強く握り直した。

「座ってお主の話を聞く。だから放せ」

手を放すと重蔵は衿元を整え、居住まいを正した。

「そこもとの言うとおりだ。拙者は鬱々《うつうつ》と寝ている場合ではなかった。すまぬ」

腕力では下と侮っていた只次郎に引きずり起こされたことで、やっと目が覚めたのだろう。寝すぎで顔がむくんでいるが、やっとやる気になったようだ。

「して、拙者にしかできぬことというのは？」

「草間殿の立場は今、近江屋さんから送り込まれた間諜《かんちょう》ではないですか」

「本意ではないが、そうなるな」

重蔵が苦々しい顔をする。只次郎は先ほど食べたばかりの合歓豆腐を思い浮かべた。

「ならば今度は、二重間諜として働いてください」

あれは豆腐が餅になりすましていたのか、それとも餅が豆腐なのか。

どちらでもいい。相手を騙すことができるのならば。

初午

一

首筋を撫《な》でる夜風はまだ冷たいが、身を縮めるほどではない。

ほんのりと春めいた香りがするのは、梅の開花が近いからだろうか。とっぷり暮れた往来の向こうに消えてゆく酔客を見送って、お妙は『酒肴《さけさかな》　ぜんや』と書かれた看板障子を取り込んだ。

睦月《むつき》二十日、宵五つ（午後八時）。店仕舞いにはちと早いが、暇なときならこんなものだ。表の木戸につっかい棒をし、ひと息つく。今夜はまだ、これで終わりというわけではない。

「いやぁ、焦りましたね。さっきの客ときたら、いっこうに起きる気配がないんですから」

大伝馬町菱屋のご隠居が、小上がりに居残っている。すでに締めの飯まで食べ終わり、名残惜しげに嘗《な》め味噌《みそ》で酒を啜《すす》っていた。ほんのり苦い蕗《ふき》味噌だ。蕗の薹《とう》を刻んで炒《いた》めたものに、今日は白味噌を和《あ》えてみた。初春の味わいである。

「お連れの方が担《かつ》いでってくれてなによりですよ。ずいぶん長居していましたよね」

ご隠居の正面には林只次郎が座り、やはり嘗め味噌に箸《はし》を伸ばしている。小上がりに腰掛けたお勝が「ああ」と頷《うなず》いた。

「夕七つ（午後四時）ごろからいたねぇ。まさか近江屋の手の者じゃないだろうね」

「違うだろう。あれほどまでに正体をなくしてしまっては、間諜《かんちょう》にもならぬ」

話がしやすいよう草間重蔵が、定位置の勝手口近くから床几《しょうぎ》に移ってきた。つい先ほどまでそこに、酔客が伸びていたのである。連れの者との話を聞くかぎり女に振られたらしく、そのせいで長《なが》っ尻《ちり》になったようだ。時節柄、気心の知れた者以外は誰《だれ》もが怪しく見えて困る。

「お茶でも淹《い》れましょうか、重蔵さん」

下戸《げこ》の用心棒を気遣い、声をかけた。とたんにご隠居が嫌そうに顔をしかめる。

「そんなことをしてやる必要はありませんよ。お妙さんは人がよすぎます」

お妙の良人《おっと》であった善助の骸《むくろ》を、川に流したことを許すなと言うのだろう。重蔵はなにも言わず、ただ静かに目を伏せた。

「私が飲みたいので、そのついでです」

そう言いながら、火鉢にかけてあった鉄瓶を持ち上げる。重蔵を責めれば善助が戻ってくるというのなら、お妙はいくらでも責めるだろう。だがそんなことは起こらない。骸の始末を任されただけの重蔵を、憎むにも限度があった。

それにお妙は薄々分かっている。世の中には、許されたほうが辛《つら》いこともあるのだと。重蔵はこれまで責める役と責められる役、双方を己で担ってきた。だからその片方を肩代わりして、負担を減らしてやりはしない。放《ほう》っておいても重蔵は、一人で苦しみ続けるのだから。

人がいいなんてことは、決してないわ。

一方でお妙を近江屋から守ろうと、目を光らせてくれていたことには感謝している。真心から優しくしたいと思うこともあれば、辛そうにしている重蔵を見て留飲を下げることもあり、自分でも気持ちの置きどころが分からず戸惑う。

では善助を手にかけた近江屋に対してはどうかというと、理由が分からぬせいかひたすら悲しいだけで、まだ憎しみが湧《わ》いてこない。善助がなぜ死なねばならなかったのか、まずはこの耳でわけを聞きたかった。

「アタシはお酒にしようかね」

素面《しらふ》でいるのは手持ち無沙汰《ぶさた》だったのか、お勝が立ち上がる。

「ああ、それじゃあ私の酒を追加してください。一緒に飲みましょう」

「おや、じゃあお言葉に甘えて」

只次郎の名札がかかった置き徳利は、先ほど一杯にしたばかり。お勝はそれを重そうに持ち上げて、ちろりに注《つ》いだ。

「お酒を飲むなら、なにかお腹《なか》に入れておいたほうがいいんじゃないかしら」

番茶を淹れつつ銅壺《どうこ》の前に立つお勝に声をかける。店が忙しく昼が遅かったので、お勝もお妙も夕餉《ゆうげ》はまだ口にしていなかった。

「粕汁《かすじる》があるんだけれど」

「ああ、そうか。今日は骨正月《ほねしようがつ》だね」

「骨正月？」

女二人のお喋《しゃべ》りに、只次郎が首を傾《かし》げる。江戸育ちゆえに、耳慣れぬ言葉だったのだろう。

「二十日正月のことを、上方《かみがた》ではそう言うんですよ。年取り魚の塩鰤《しおぶり》を食べつくして、そのアラで粕汁を作るんです」

正月の、祝い納めの節目である。江戸では年取り魚は鮭《さけ》であるため、食べ残した頭で煮凝《にこご》りを作る。お妙が上方にいたのは十までだが、正月に食べる魚は鰤のほうがしっくりくるので今でも塩鰤を仕入れていた。

「なるほど、鰤の粕汁」

只次郎が、ごくりと唾《つば》を飲んだのが分かった。もう充分食べたはずなのに、旨《うま》そうな気配には目聡《めざと》い。

「召しあがりますか？」

「はい、もちろんです！」

「あの、こちらにも味見程度に」

年輩のご隠居からも注文が入った。もうほとんど腹には入らないが、旨いものを食べ逃したくないという執念が窺《うかが》える。

「かしこまりました」

微笑《ほほえ》みながら小松菜の醬油漬《しょうゆづ》けを茶請けに添え、番茶を重蔵の膝先《ひざさき》に置いてやる。

「重蔵さんもいかがです？」と尋ねると、重蔵は「かたじけない」と分厚い肩を小さく縮めた。

二

「悪い、すっかり遅くなっちまった」

待ち人が勝手口から現れたのは、温め直した粕汁がちょうど皆の手に渡ったころだった。月明かりを頼りに歩いてきたのか、提灯《ちょうちん》すら手にしておらず、細身に仕立てた着流し姿。与力《よりき》とはとても思えぬ風体ながら、吟味方《ぎんみかた》与力の柳井殿である。

「お、なんだか旨そうなものを食っててんじゃねぇか。俺《おれ》にもおくれよ」

ということで、柳井殿にも粕汁を振舞うことになった。

具は大根、牛蒡《ごぼう》、人参《にんじん》、蒟蒻《こんにゃく》、芹《せり》。鰤のアラから滲《にじ》み出た出汁《だし》に、酒粕と味噌を溶き入れてある。客に出すほどのものではないが、体がほっとほぐれる汁である。

「はぁ、旨い。腹の底から温《ぬく》まるぅ」

ずずずと勢いよく啜ってから、只次郎が満ち足りた笑みを浮かべた。

「ああ、駆けつけでこれはありがたい」

「七味唐辛子《しちみとうがらし》を振り入れると、いっそう温まりますねぇ」

一緒に座って食べましょうと誘われて、お勝とお妙も床几に掛けた。重蔵は相変わらず、無言で箸を動かしている。

「はぁ」自分で作っておきながら、お妙もひと口啜ってうっとりと息を吐く。お腹が温まってくると、胸の中に居座っている不安が少しずつ溶かされて、恐れずに前を向けるような気がした。

「さて、さっそくだが話の本筋に入るか」

腹が減っていたのか誰よりも早く食べ終えて、柳井殿が箸を置く。回りくどいことを好まぬ御仁である。

「近江屋をおびき出す手筈《てはず》は整ったんだよな？」

「ええ、五日後に」

頷いたのは只次郎。それから椀《わん》に口をつけて、残っていた汁を搔《か》き込んだ。

「草間殿からの『変事あり』の報《しら》せに、まんまと食いついてくれました」

その言葉を受けて、重蔵もまた無言で頷く。重蔵を二重間諜として働かせようという、只次郎の思いつきによるものである。

まずは近江屋からの信頼を取り戻すため、お妙の亡き父と常連の旦那《だんな》衆が旧知の間柄であったという一報を流させた。それは升川屋も知る事実であるから、懇意にしている近江屋も伝え聞いているだろうと踏んでのことだ。

案の定、近江屋ははじめて聞いた様子もなく、「そうですか」と訳知り顔だったという。報告を渋っていただけで、重蔵は嘘《うそ》をついてはいない。そう思ってもらえれば充分だった。

「次からは、滞りなく報せてくださいね」

そのひと言が聞けたのなら、おそらく信じてもらえたのだろう。

そうなると次は、嘘の報せを流して近江屋をおびき寄せたい。どうやら旦那衆の結託を恐れているようなので、その線がいいだろう。

二月に入れば、初午《はつうま》がある。二月はじめの午の日に行われる、稲荷《いなり》神社の祭礼である。子らが菓子や小遣いをせびる子供の祭りなのだが、大人たちも負けてはいない。奉納の発句《はっく》を大燈籠《おおとうろう》に書き、田楽《でんがく》燈籠を並べ立て、地口行灯《じぐちあんどん》に添える地口を捻《ひね》る。

江戸に多きものは「伊勢屋《いせや》稲荷に犬の糞《くそ》」と称されるだけあって、表店《おもてだな》、裏店、商家、武家の別なく稲荷は祀《まつ》られているものだから、その賑《にぎ》わいぶりは言うまでもない。中でも王子《おうじ》稲荷、妻恋《つまこい》稲荷、芝《しば》の烏森《からすもり》稲荷の初午は有名で、二十日正月を過ぎたころから準備に取りかかるのが常である。

それを踏まえて只次郎が、嘘八百を考えついた。

「こういうのはどうでしょう。近々馴染《なじ》みの旦那衆が集い、初午の地口を捻り合うらしい。よく読めばお上への風刺が効いていると分かる絶妙なものを考えて、妻恋稲荷に奉納しようと張り切っている。二十五日の夜に『ぜんや』が貸し切りになっていれば、まず間違いない。と、草間殿に伝えてもらうんです」

なぜそのような嘘がすらすらと出てくるのかは分からないが、妥当である。

地口とはすなわち洒落《しゃれ》のこと。たとえば「飛んで湯に入る夏の武士」（飛んで火に入る夏の虫）だとか、「寝たもの夫婦」（似たもの夫婦）などという他愛《たわい》ない地口に、提灯屋が鳥羽絵《とばえ》（戯画）を描き添えて行灯に仕立てるのだ。その地口で幕政を批判しようというのだから、由々《ゆゆ》しき事態に違いない。

しかも神田明神からほど近い妻恋稲荷は稲荷の関東惣社《そうじゃ》。参拝客は多く、それだけ地口は人目に触れよう。近江屋としては、ぜひとも阻止せねばならぬこと。少なくとも二十五日の夜に『ぜんや』が貸し切りになっているかどうか、確かめずにはいられないだろう。

そして貸し切りになっていれば、「しめた」とばかりに踏み込んでくる。そこまでの絵図はできていた。

「問題は、おびき出したあとどうやって口を割らせるかだな」

只次郎の酌で酒を飲みはじめ、柳井殿が思案気に顎《あご》を撫でる。前もって聞いてはいたのだろうが、話の理解が早くて助かる。

「そんな回りくどいことをしなくっても、あちらが金にものを言わせてくるなら、こちらも負けてはいないんですけどねぇ」

長く飲み続けているせいで、ご隠居の目尻は蕩《とろ》けている。酔いも回っているらしく、繰り言が飛び出した。

近江屋が町奉行所にたっぷりと鼻薬《はなぐすり》を嗅《か》がせているのなら、それ以上の富で跳ね返してやればいいと言うのだ。いかに江戸屈指の材木問屋とはいえ、こちら側にいるのも大商人の菱屋、俵屋、三河屋、三文字屋。手を握れば近江屋とて敵ではない。

「金をばら撒《ま》けば重蔵さんを証人として、近江屋さんを捕らえることだってできますよ」

だからこそ近江屋は、旦那衆の結託を恐れているのだろう。

だがその手段はすでに、お妙が「やめてください」と斥《しりぞ》けている。おそらく動くのは途方もない額の金だ。一生かかっても返せるわけがない。旦那衆は気にするなと言うだろうが、亡き父と旧知というだけで、そこまでされては心苦しい。

「ご隠居さん、その話はもう」

酒の肴《さかな》を皿に盛って出してやり、お妙は静かに首を振る。柳井殿も思案顔を崩さぬまま、「そうだな」と同意した。

「残念ながら小伝馬町《こでんまちょう》の牢《ろう》屋敷では、口封じが簡単だ。牢役人は袖《そで》の下さえ渡せば毒でもなんでも仕込んでくれる。囚人同士の喧嘩《けんか》に見せかけて殺すことだって朝飯前。

近江屋がお上の誰と繫《つな》がっているかは知らねぇが、当然喋られちゃ困ることがあるだろう。死人に口なし。おそらく話を聞き出す前に殺《や》られる」

そして真相は闇《やみ》の中。そういうことが、前にもあった。

「佐々木様のときもそうでしたね」

同じことを、只次郎も考えていたらしい。

あちらは親戚《しんせき》お預かりの身だったという差はあれど、詮議《せんぎ》の前に不可解な死を遂げている。間違えてはいけない。ご公儀は我々の、味方ではない。

「本当のところを知りてぇなら、そこの武士崩れが言うように、自分たちでやるのが一番だろうよ」

「ちょっと、誰が武士崩れですか」

柳井殿の軽口に一応嚙《か》みついて、只次郎は真顔に戻る。今夜は意見が聞きたくて、この吟味方与力を呼んでいた。

なにせ取り調べの玄人《くろうと》である。詳しく話してはくれなかったが、駄染《だぞ》め屋の口を割らせたときも、一風変わった手段を用いたと聞いている。

「なにをやったっていいんなら、責問《せめどい》が一番手っ取り早いわけだが」

ところが柳井殿は、のっけから血腥《ちなまぐさ》い話をしだした。

「海老責《えびぜめ》だの石抱《いしだき》だの、大掛かりなことはさすがにできねぇよな」

　恐ろしげな語句が飛び出し、ひやりとする。もちろんできるわけがない。

「でもほら、十本の手の指と爪《つめ》の間に畳針を差し込んでくだけでもそうとう効くぞ。たいていの奴は、片方の手が終わる前に洗いざらい吐いちまう」

「ひぃ。やめてください、痛い痛い痛い！」

　只次郎が耳を塞《ふさ》いで身悶《みもだ》えする。お妙もまた、粟立《あわだ》った腕をそっと撫でた。

「血を見るのはちょっとねぇ。もっと穏便な手で頼むよ」

　お勝すら顔をしかめ、勘弁しとくれと首をすくめる。重蔵はまるで自分がその責めを受けたかのように、爪の先をじっと見ていた。

「じゃあ手足を押さえつけて、濡《ぬ》らした半紙を一枚ずつ顔に――」

「息が詰まるじゃありませんか！」

　取り調べの玄人は容赦《ようしや》がない。ご隠居がたまりかねて喉元《のどもと》を掻きむしった。

「あの、柳井様。できれば肉体の苦痛を伴わない方法でお願いしたいのですが」

「てことは、精神をじわじわと追い詰めてくやつかい。お妙さんも綺麗《きれい》な顔して、酷なことを言うねぇ」

　体を痛めつけるよりも、心を折るほうが非道だと柳井殿は言う。本来の取り調べでは、双方をうまく組み合わせているのだろう。

「そんなに凄《すさ》まじいものなんですか？」

「ああ、やり方は簡単だ。睡眠や光や音を奪うだけで、人ってのは正常でなくなる。だが日数《ひかず》がいるから、この場合には不向きだな」

「そこまで厳しいのは、ちょっと」

「でもさ、お妙さん。生温《なまぬる》い追い込みで、あの近江屋が口を割ると思うかい？」

柳井殿の問いかけに対し、お妙はとっさに返せなかった。喋りたくないことを喋らせるには、どうしたって乱暴な手段に頼ることになるだろう。人質を取るという案も出るには出たが、関係のない者を巻き込みたくはないし、あの近江屋が自分より他者を重んじるとは考えづらい。

「さて、どうしたもんかねぇ」

首を右に左に傾けてから、柳井殿は盃《さかずき》を手に取った。その拍子に、膝先に置かれた肴にようやく気がついたらしい。

「おや、蝦蛄《しゃこ》かい」

「ええ。殻を剝《む》きましょうか？」

「そりゃあ助かる」

江戸前の浅瀬でよく獲《と》れる蝦蛄は、庶民にも広く食べられている。さっと塩茹《しおゆ》でにしただけで海老よりも旨いくらいだが、いかんせん殻が剝きづらい。お妙は鋏《はさみ》を手に取ると蝦蛄の頭を落とし、尾を楔《くさび》形に切る。

その様子を見ていた只次郎が、思わずというふうに己を抱きしめた。蝦蛄の殻に鋏を入れる様が、畳針の拷問《ごうもん》を思い起こさせたのだろう。

「うん、旨い！」

お妙が剝いた蝦蛄を口に放り込み、柳井殿が膝を叩《たた》く。

あんな話をした後で、よくも旨そうに食べられるもの。もっともそんなことでいちいち食欲を失っていては、勤めがはかどらないだろう。

「本当は茹でたてが一番美味《おい》しいんですが、蝦蛄は生きているうちに茹でないと身が痩《や》せてしまうので」

手を傷つけないよう気をつけつつ、お妙は次々と蝦蛄を剝いてゆく。夜までは生きないだろうと、仕入れた朝のうちにすべて茹でておいたのだ。

「へぇ、数刻ももたないのかい？」

「はい。魚河岸の『カク』さんの話だと、死んですぐに自分の身を溶かしはじめてしまうそうです」

手際よく殻を剝き終えて、「こちらでもどうぞ」と酢味噌の小皿を差し出した。蝦蛄は素朴な塩味がもっとも旨いが、他の味つけも捨てがたい。

「なるほどねぇ」

柳井殿は蝦蛄にたっぷり酢味噌をつけて、ゆっくりと嚙みしめる。細められた目は、どこか遠くを見ているようでもあった。

「二十五日は、俵屋さんもいるんだったか?」

「ええ。三河屋さんも三文字屋さんも、もちろんご隠居も」

只次郎の返答を聞き、柳井殿はにやりと笑う。

「そうか。これはちょっと、使えるかもしれねぇな」

三

本日、貸し切り。

黒々と紙に書き、剝《は》がれぬよう板戸の外側に貼《は》る。

これで表からはもう、邪魔者は入ってこないだろう。いつも勝手口から出入りしているおえんには、大事な客が来るから今夜は控えてくれと言い含めてある。

さぁ、いよいよだ。はたして計画どおりにことは進むのだろうか。

そう思うと心配で、昨夜はろくに眠れなかった。二日前は善助の月命日。墓前にしっかり手を合わせ、どうか力を貸してほしいと祈ってきたが、依然として心細いままである。

たとえ首尾よくいったとして、その後自分がどういう心境に陥るのかも分からない。善助が殺されたわけを知りたい、今はその一心で動いているが、どんなわけがあったとしても下手人を許せるはずがないのだ。

近江屋が姿を現わしたら、刃物のあるところからはなるべく遠ざかっていたほうがいいだろう。お妙には真実を知ったときの己を、信じられる気がしなかった。

「おっと、硬いね」

小麦粉を煮溶かした糊《のり》と刷毛《はけ》を手にしたまま佇《たたず》んでいたら、両肩に後ろから手を置かれた。ぼんやりしていたものだから、思わず「きゃっ！」と飛び上がってしまう。

「肩がカチカチじゃないか。力が入りすぎだよ」

お勝である。そのまま肩をぎゅっぎゅっと揉《も》んで、気持ちをほぐそうとしてくれる。

「ほらほら、まだ寒いんだから、こんなところに突っ立ってたら風邪《かぜ》をひいちまうよ」

後ろから押され、店の中へと促された。

暮れ六つ（午後六時）の捨て鐘が鳴る。旦那衆はすでに顔を揃《そろ》えており、酒肴《しゅこう》を前にして思い思いに寛《くつろ》いでいた。

「せっかくですから近江屋さんを待つ間、本当に地口でも捻ってみますか」

床几には硯《すずり》と筆が置かれたままだ。そこに新しい紙を敷き、三文字屋が皆を誘う。

「呑気《のんき》なもんだねぇ」と言いながら、明後日《あさって》のほうを見て思案に入っているのは三河屋だ。

「『狐《きつね》の豆炒《まめい》り』ってのはどうです」

「『狐の嫁入り』ですか。まぁまぁですね」

ご隠居がさっそく地口を思いつき、俵屋がそれを評した。

「皆さんもう少し、気を引き締めてくださいよ」

苦言を呈するは只次郎のみ。だがすぐに、なにかを思いついたらしく手を打ち鳴らす。

「あ、『嘘から玉手箱』！」

「『嘘から出たまこと』ですね」

「いまいちだね」

「一応書いておきましょう」

評判はよくないものの、三文字屋がさらさらと紙に書きつける。

他にも「残り物には毒がある」「可愛《かわい》い子には足袋《たび》を履かせろ」「見ざる、言わざる、着飾る」といった地口が好き放題に飛び出して、一同は声を出して笑ったり、首を傾げたりしている。

これから人を陥れようというのに、あまりにも平常どおり。旦那衆の肝《きも》の太さを見せつけられて、お妙の心も落ち着いてきた。くすりと笑える地口がまた、顔つきを柔らかくしてくれる。

「よし、いい顔になったね。さっきまでの強張《こわば》った面体《めんてい》じゃ、近江屋も逃げ帰っちまうよ」

お勝に背中を叩かれて、そんなにひどかったのかと苦笑した。

ゆっくりと息を吐き、節々の強張りを解いてゆく。本当のところを知りたいという意を汲《く》んで、これだけの人たちが集まってくれたのだ。

だからきっと、うまくいく。

お妙は軽く頬《ほお》を叩き、己の弱気を振り払った。

揚げ出し大根、身欠き鰊《にしん》と蕗の煮物、独活《うど》のきんぴら、鹿尾菜《ひじき》の白和《しらあ》え、蝦蛄の山《さん》椒煮《しょうに》。お妙が出すお菜に舌鼓を打ちながら、胸に浮かんだ地口を銘々披露《めいめいひろう》し、和やかな時が過ぎてゆく。

まさか近江屋は、このまま姿を見せないんじゃなかろうか。そんな心配が頭をもたげるほど、打ち寛《くつろ》いだ酒の席だ。もし来なかった場合はまた、別の手を考えなければならない。

重蔵はこの場にいてはおかしかろうと、外に出て秘《ひそ》かに店の周りを見張っている。近江屋の姿を認めたら、明かり取りの障子窓を揺らす手筈になっているが、その合図もいっこうにない。

それでも旦那衆は鷹揚《おうよう》に構えており、焦《じ》れているのはお妙ばかりか。小上がりに座る只次郎に目を遣《や》ると、こちらもしきりに障子窓を気にかけている。腰が落ち着かないのは自分だけではないようだった。

なにごとも起こらぬまま、紙に書きつけた地口ばかりが増えてゆく。障子窓が揺れたのは、そうして半刻《はんとき》（一時間）余りも過ぎたころだった。

風に煽《あお》られた揺れかたではない。誰も顔には出さないが、一瞬ぴりりと周囲の気配が引き締まった。

しばらくすると表の貼り紙などものともせず、入り口の木戸が音を立てて開く。腰を低くして、入ってきたのは待ちかねた近江屋だ。

地口を書きつけていた三文字屋がハッと入り口を振り返り、慌てて一枚懐に隠す。そのような芝居をするとは打ち合わせでは聞いておらず、とっさの思いつきだろう。その瞬間を近江屋は、しっかりと目に留めている。

「おや、これはこれは。お馴染みの皆さんではありませんか」

白々しくも、揉み手をしながら近づいてくる。三河屋が、詰めていた息を一気に吐いた。

「なんだ、近江屋さんか。びっくりした」

「今夜は貸し切りですよ。貼り紙がしてあったでしょう」

俵屋がやんわりと窘《たしな》めるも、近江屋は悪びれもせず肩をすくめた。

「おや、そうでしたか。すみませんね、見逃してしまったようで」

どんな目をしていれば、戸板に貼られた本日貸し切りの文字を見逃すことができるのだろう。それでも強引《ごういん》に入ってくるところが、紛れもなく近江屋である。

「ですがこの顔ぶれならば、私がお邪魔しても差し支えはなさそうですねぇ」

居並ぶ旦那衆と只次郎の顔を見回して、にたりと笑った。

「それとも、知られちゃ困ることでもありましたかね」

その問いには誰も答えず、奇妙な間が空いてしまう。取り繕うようにご隠居が、衿《えり》元《もと》をすっと整えた。

「近江屋さんこそ、なにか用事があっていらしたんじゃ?」

「ええ、ルリオのご機嫌伺いに。そろそろ美声が聴けるんじゃないかと思いましてね」

狸《たぬき》と狸の化かし合い。近江屋は少しも怯《ひる》まない。

「ま、まだ少し早いですよ。本鳴きに入っていません」

只次郎は声を上擦《うわず》らせ、狼狽《うろた》えた様子である。この若者は本当に、自分を見くびらせるのがうまい。

「そうですか、気が早かったようですね。でもせっかく来たのですから、私もひとつお仲間に入れていただけませんか」

顔中の皺《しわ》を折り畳み、近江屋が笑顔を浮かべる。旦那衆と只次郎は互いに目を見交わしてから、「どうぞ」と少しずつずれて小上がりに隙間《すきま》を作った。ご隠居と俵屋の間である。地口を書きつけていた三文字屋だけが、筆を握ったまま床几に腰掛けている。

「いえいえ、それには及びません。私もここで充分ですよ」

そう言うと近江屋は、硯や紙を挟んで三文字屋の隣に座ってしまった。

「お酒をつけますか？」

「ええ、二合ほど。お菜は適当に見繕ってください」

思い描いていたとおりの返答だ。近江屋がお菜を細々と注文しないことは、以前から分かっている。意識せずとも笑顔がぎこちなくなって、お妙はごまかすように頬を撫でた。

お勝が無言のまま、酒で満たしたちろりを銅壺に沈める。誰もが気まずさを撒き散らしているというのに、平然と座っていられる近江屋はさすがに図太い。

揚げ出し大根、独活のきんぴら、それから蝦蛄をたっぷりと器に盛って、その膝先に置いてやる。醬油と酒、実山椒を入れてさっと煮た蝦蛄は、食べやすいよう殻をあらかじめ剝いておいた。

「はい、どうぞ」

お勝の酌を受けてから、近江屋はお菜に箸をつけた。旨いともなんとも言わないが、凄まじい勢いで平らげてゆく。食べながら、三文字屋の手元をひょいと覗いた。

「それは、なにをしていたんです？」

「えぇっと、これは――」

色白の優男ゆえ、三文字屋はともすれば気弱に見える。自分では答えずに、助けを求めるように小上がりに目を向けた。

「地口ですよ。初午が近いですからね」

しれっとした顔で、ご隠居が言葉を引き継いだ。

「へぇ。見てもいいですか?」

許しが出る前に、近江屋は三文字屋に向かって手を差し出している。ご隠居が頷くのを待って、書きつけがその手に渡された。

「なになに。『狐の豆炒り』、『嘘から玉手箱』――。やぁ、面白いですね」

これまた心にもないことを言う。二枚に及ぶ紙には地口がびっしりと書き連ねられているが、どれも罪のないものばかり。それでも隠された意味があるかもしれぬと、近江屋はじっくり目を通す。

「ありがとうございます。さすがは皆さん、いい出来ですよ」

それでも幕政批判にあたる地口は見当たらない。近江屋は世辞まで添えて書きつけを返した。その目がちらりと三文字屋の懐を探る。目当てのものはその中にあると踏んだらしい。

「さぁさ、楽しませてくださったお礼に、どうぞ飲んでください」

そう言うとちろりを傾け、三文字屋の盃を満たす。

「ささ、クイッと」

相手を酔わせ、懐の中のものを掠《かす》め取る気でいるのだ。三文字屋が盃を干しても、すぐさまなみなみと注ぎ足した。

「近江屋さんこそ、皿がもう空じゃありませんか。お妙さん、今日の蝦蛄はすこぶる旨いですから、もっと出してやんなさい」

ご隠居の芝居は堂に入っている。菱屋を今ある姿にするには、多少の芝居っ気も必要だったのだろう。自分で自分を演じきっている。

促されるままに、お妙は蝦蛄を再び皿に盛りつけた。

四

「ところで近江屋さんは、どの地口が一番いいと思うかね？」

近江屋が二皿目の蝦蛄を平らげたころ、三河屋が赤ら顔を照り返らせながらそう切り出した。

三文字屋が気の毒なほど酒を強いられているので、助け舟のつもりだろう。白い首元を真っ赤に染めて、三文字屋は安堵《あんど》の息を吐く。もっともこの御仁は、酔気《すいき》が顔に出てからが強いのだが。

「そうですねぇ、『可愛い子には足袋を履かせろ』でしょうか。旅と足袋を掛けているのがうまいですし、本来の意味とは逆になっているところが秀逸ですね」

「おお、そうかい。それは私が考えたんですよ」

褒《ほ》められたとたんに、三河屋が破顔《はがん》する。これは本当に嬉《うれ》しそうだ。

「『残り物には毒がある』はどうでしょう。私の作ですが」

「おや、俵屋さんが。はは、薬種問屋が『毒』とは笑えませんなぁ」

「なぁにたいていの薬は、毒にもなるものですよ」

近江屋の額に脂汗が浮きはじめた。なにかを堪《こら》えるように、眉根《まゆね》がぎゅっと寄せられる。さっきから、腹のあたりをしきりに撫でている。

それを見て俵屋が、うっすらと微笑んだ。

「どうかしましたか、近江屋さん。腹具合が悪いんですか」

只次郎がすっと立ち、表の木戸の前に陣取る。いつでも抜けるよう、なにも言わずに刀の鯉口《こいぐち》を切って見せた。

己を取り巻く異変に、近江屋もようやく気がついたようである。

「な、なにを」と尋ねたときにはもう遅い。腹がぎゅるると引き絞られる音がして、近江屋は団子虫のように身を丸めた。

「人を陥れることには長《た》けているのに、ご自分の脇《わき》は案外甘いんですね」

腹を抱えて苦しむ者を前にして、ご隠居は泰然と酒を飲んでいる。その動じなさが、よけいに怖い。

「くそっ、なにを盛りやがった！」

愛想《あいそ》笑いの仮面も脱ぎ捨て、近江屋が歯を食いしばる。雨の中を歩いてきたかのように月代《さかやき》を濡らし、俵屋を睨《にら》みつけた。

「さて、なんでしょう。ね、お妙さん」

問いかけがこちらに投げられた。うまくできるだろうか。お妙は前掛けをぎゅっと握る。

「蝦蛄です」

もっともらしく聞こえるよう、声の高さを幾分落とした。

「蝦蛄は死ぬと、己の身を溶かす毒を出します。近江屋さんは、それをたくさん召しあがったんですよ」

「ば、馬鹿を言っちゃいけない」

近江屋が声を詰まらせつつ、頬を歪《ゆが》める。苦悶《くもん》の表情なのか、お妙をせせら笑いたかったのかは分からない。

「蝦蛄なんて、これまでどれだけ食ってきたと思ってるんです。それにほら、皆さんも食べているじゃありませんか！」

旦那衆の食べかけの皿には、まだ蝦蛄の身が残っている。それを指差し近江屋は、口の端に泡を浮かべた。

「近江屋さんこそ、この世に蝦蛄の種類がどれだけあるかご存じないのですね」

お妙は憐《あわ》れむように首を振り、調理場の足元に置いてあった桶《おけ》からザリガニに似た生き物を摑《つか》み出す。

「近江屋さんが召しあがった蝦蛄は、これです」

すでに死んでいるから動きはしない。形はたしかに蝦蛄なのだが、全身が鮮やかな青緑色である。いかにも毒を孕《はら》んでいそうな模様まであり、近江屋が「ヒッ！」と息を呑《の》むのが分かった。

この風変りな蝦蛄は、江戸前では獲れない。だが相模湾《さがみわん》ではたまに網にかかるそうだ。魚河岸の「マル」からそう聞いて、ご隠居が取り寄せることにした。だが獲れるかどうかは運頼み。今朝になってから届いたのは、僥倖《ぎょうこう》としかいいようがない。

べつに実物が手元になくとも、話の運びようでどうにかできると思っていたお妙は、この蝦蛄を見て考えを改めた。実際には毒などないらしいが、凄まじい見た目をしている。これを食べることを想像するだけで、具合が悪くなりそうだ。

吐き気まで込み上げてきたのか、近江屋がとっさに口元を押さえた。

「どうです、じわじわと腹の中から溶かされている感じがするでしょう。放っておくと腸《はらわた》が、熟柿《じゅくし》のようにどろどろになっちまいますよ」

俵屋も、嫌な言い回しをするものだ。表の戸口を固める只次郎が、「うへぇ」と顔をしかめた。

「ちくしょう！」

近江屋が床几から転がり落ちる。「おやおや、大丈夫ですか」と、声をかけるご隠居は口だけだ。肩で息をしつつ、一同を睨《ね》め回す近江屋はまるで手負いの獣だった。

「あっ！」

獣に対するときは、一瞬の油断が命取り。どこにそんな力が残っていたのか、身を低くしたまま近江屋が走りだす。勝手口に向かって、猪《いのしし》のごとく突進する。

ところが近江屋が達する前に、勝手口の戸が開いた。長身の重蔵が、のっそりと入ってくる。そのまま後ろ手に戸を閉めた。

「表に岡《おか》っ引《ぴ》きが張っていた。当て身を食らわせて捨ててきたぞ」

問題の地口が見つかったらすぐにしょっ引けるよう、近江屋が連れてきていたのだろう。

「くさまぁぁぁぁ！」

裏口まで塞がれて、近江屋はその場に膝をついた。目を吊《つ》り上げた憤怒《ふんぬ》の相で、血を吐くように重蔵を呼ぶ。

「おのれ、寝返ったか！」

「拙者もとより、そこもとに忠誠を誓ったことはござらん」

ぎりぎりと、聞こえてくるのは歯ぎしりの音か。苦痛に悶えつつも、気丈なことだ。

「手荒なことをしてすみませんね。ご安心ください、ここに解毒《げどく》剤がございます」

俵屋が小上がりに座ったまま、懐から小壺《こつぼ》を取り出した。もはやそこから一歩も動けないのか、届くはずもないのに近江屋は亡者のように手を伸ばす。

「少しばかり、伺いたいことがありましてね。包み隠さず喋ってくれたら、お渡ししますよ」

こんなときでも温和な俵屋の微笑みは、近江屋の目にはどのように映ったのだろうか。じわりじわりと、その顔から毒気が抜けてゆく。やがて力尽きたのか、近江屋はがくりと項垂《うなだ》れた。

只次郎が近江屋に手を貸して、床几に座らせる。自力ではもう動けないらしく、近江屋は顔を真っ青にして震えていた。一月とは思えないほど、着物は汗に濡れている。

「ふぅ、やれやれ。危うくぼろが出ちまいそうだったよ」

だからずっと黙っていたのか、お勝が首の後ろを掻きながらお妙の横に並んだ。

「さ、お妙さん。あとはお好きに」

お膳《ぜんだ》立ては整った。ご隠居がこちらに手のひらを向け、手綱をお妙に引き渡す。これでやっと真相を知れる。だがいざそうなってみると、なにから切り出していいのか分からない。前掛けは、握りしめすぎて皺になっている。

お勝が背中を撫でてくれ、息を詰めていたのだとはじめて分かった。細く息を吐き胸の内をいったん空っぽにしてから、項垂れたままの近江屋を見下ろす。

「私の良人を殺したのは、あなたですね」

本当のことを知るのは怖い。だがそれ以上に知りたい欲望が勝っている。しらばっくれる気力もないのか、近江屋は顔を上げもしない。

「水船に沈めて溺《おぼ》れさせた。そうですね？」

「黙ってると、腹が溶けちまいますよ」

口を開く気配のない近江屋に、俵屋が追い打ちをかける。その手に握る解毒剤に、鋭い視線が向けられた。

「しょうがなかったんですよ」

絞り出すような声が聞こえる。お妙に向かって顔を上げた近江屋は、哀れっぽく眉を寄せている。

「私の成功を妬《ねた》んで、あの人が脅してきたんです」

同じ店の奉公人だった近江屋が、今や大商人になっているのを善助は妬んでいたのだという。昔の弱みをちらつかせ、金をむしり取ろうとしてきた。一度それを許せば、きっと尻の毛まで抜かれる。だから殺した。

近江屋は途切れ途切れに、そのようなことを喋った。

「嘘ですよ」

お妙は呆然《ぼうぜん》と首を振る。そんな話はとうてい信じられない。

善助というのは、近江屋が言うような欲得ずくの男ではなかった。梅が咲いたとか飯が旨いとか、ささやかな幸せを糧にしてこの店とお妙を守ってきた。身の丈に合わぬ富など、やると言われても熨斗《のし》をつけて返したはずだ。

「なぜそう言い切れます？　亭主とはいえ、すべてを知っているわけではないでしょう」

たしかについ最近まで、善助が亡き父の手足となり働いていたことすら知らなかった。なぜ長年秘密にしてきたのかも分からない。だがそれでも、善助の本質までは見誤っていないと信じる。

「では伺いますが、良人が握っていた昔の弱みというのはなんですか」

「それは話せるわけがない。だからこそ弱みなんですよ」

やはり一筋縄ではいかない。腹がじくじく痛むだろうに、近江屋は薄笑いさえ浮かべている。

「そうですか。ならこの解毒剤は、竈《かまど》にくべるしかなさそうですね」

「本当のことを言っても信じていただけないのなら、致し方ありません」

俵屋の揺さ振りにも、動じぬ素振りで応じた。綱渡りの駆け引きである。

近江屋は事実を述べているのか。それとも命を懸けた嘘なのか。

お妙の勘は後者だと言っている。だが解毒剤を盾に取っても開き直るのなら、どうやって突き崩せばいいのだろう。

唇を嚙み、素早く思案を巡らせる。近江屋への憎しみが、黒雲のように胸に湧いてきた。いっそ殺してやりたい。そんな思いがちらりと顔を覗かせたとき、目の端に光るものが動いた。

息を吞んで顔を上げると、重蔵が長刀を抜き放っている。

「分かった。そんなに死にたいのなら、ひと思いに楽にしてやろう」

天井の高さを慮《おもんぱか》り、構えは中段。そのまま突きを繰り出せる。打ち合わせでは、こんな話はしていない。

「いけません、重蔵さん！」

その死を願ったばかりの男を、お妙はとっさに背後に庇《かば》った。重蔵の目は、正気と思えぬほどに光っている。脅しではなく、本当に殺す気だ。

「刀の前に身一つで割り込むなと、前にも言ったはず」

正面に立つと、重蔵の気迫がびりびりと肌に痛いほど。それでもこの男を人殺しにするわけにはいかない。

「お妙さん、危ないですよ！」という、只次郎の声がひどく遠くに聞こえる。危ないのは分かっている。その証拠に膝が尋常ではなく震えている。

「まぁいい、このままでも突ける。決して動くな、お妙さん」

じりじりと重蔵が間を詰めてくる。偽らざる殺気にさらされて、さしもの近江屋も「や、やめてくれ！」と懇願口調になった。

「言い残すことがあるなら、聞いてやろう」

抜き身の刀は行灯のわずかな灯も恐ろしいほどに跳ね返す。鋼が肉に食い込む冷たさと、溢《あふ》れ出る血の温かさが、斬《き》られてもいないのに感ぜられた。

「腹の中が溶けて死ぬか、ひと思いに斬られて死ぬか、選べ」

近江屋が、またもや床几から滑り落ちた。土間に尻をつけたまま、痛む腹を庇いつつ後退《あとじさ》る。

「分かった、すまなかった。善助に弱みを握られていたのは本当だ。でも求められたのは金じゃない。俺たちのことは見て見ぬふりをしろと言われた」

「俺たち？」

重蔵から殺気が消えた。お妙は近江屋を振り返る。

「善助と、お妙さん、あんたのことだよ。私が善助を見つけちまったから！」

「なにを言っているんです？」

「本当になにも知らないんだな」

近江屋は柱に背をつけ、浅い呼吸を繰り返す。半ば自棄《やけ》になっているようである。

丁寧な口調もかなぐり捨てて、お妙を真《ま》っ直《す》ぐに指差した。

「今のお上にとってあんたの父親と善助は、蚊の羽音のように鬱陶《うっとう》しいものだったんだよ！」

五

お妙の亡き父、佐野秀晴は商業を重んじるという点で、先の老中田沼主殿頭の勢力とは心を一にしていた。堺《さかい》の町医者という身分ながら木挽町《こびきちょう》の中屋敷に度々参じ、また意見を求められもした。

本草学を旨としつつも蘭学《らんがく》の造詣《ぞうけい》も深かった秀晴は、いずれは国を開き、諸外国と交わらねばならぬと考えていた。このままでは学問も技術の面でも、日本は大きく取り残されてゆく。そのためにはまず商人に力を持たせ、海を越えて貿易をし、国を富ませるべしと主張していたという。

支配階級である武士の頭を飛び越して、商人間で交易を行おうというのだから、危険思想もいいところ。だが先の老中は面白がってくれ、金銭面の支援も受けていたというから驚きだ。江戸や上方、長崎の商人らと伍《ご》し、これからの商売のありかたについて説いて回っていたのである。

その一方で善助を売り薬商に仕立て、諸国の情報を集めさせてもいた。そういった動きが、反田沼派に煙たがられぬわけがない。

「佐野が堺の家で焼死したと聞いたときは、やれ吉報だと喜んだものだ。その娘と売り薬商の行方は分からなくなっていたが、そんなことは誰も気にしちゃいなかったんですよ。私が日本橋で、善助を見つけるまではね」

近江屋の顔色はますます悪い。目の下をどす黒く染め、それでも箍《たが》が外れたかのように喋り続ける。

「善助というのは不思議な男でね。奉公先では透かし男と呼ばれていた。なんせあいつの顔を、誰もまともには覚えられないんだ。商売には不向きだが、間諜向きだと言って佐野が引き抜いて行ったのが二十五のときだった」

善助と近江屋は、歳《とし》が同じだったという。その六年後に近江屋は手腕を買われ、炭薪問屋河野屋から養子に入った。それからしばらくは店を大きくするのに手いっぱいで、善助のことなどすっかり忘れた。お近づきになった反田沼派の御仁から佐野秀晴の名前を聞き、久しぶりに思い出すことがあったくらいである。

「でもね、なんの因果か私もまた、一度見た顔は忘れないたちなんですよ。乾物屋の前にいた善助を見て、あいつだとすぐに分かった。向こうも私に気づいたんでしょうね、しっかりと目が合った。そのとたん逃げようとしたんで、こっちもとっさに追いかけて、摑まえちまったんですよ」

それが三年あまり前のこと。田沼派はとっくに政権の座を追い落とされており、反田沼派の筆頭であった松平越中守が老中になっていた。善助は佐野の死後はきっぱりと足を洗い、細々と暮らしてきた。だから見逃してくれと懇願した。

「私はね、べつに見逃してやってもよかったんだ。そう、あいつが人の弱みなんか握っていなけりゃね」

「だからその、弱みというのはなんなんです」

ご隠居が、神妙な顔をして尋ねる。近江屋は自嘲《じちょう》するように鼻を鳴らした。

「田沼派にも反田沼派にも賄賂《まいない》を渡していたことが分かる、二十年ほど前の裏帳簿ですよ。あの野郎、なんでかそんなものを持っていやがった」

どちらが転んでもいいように、近江屋はそのころからしっかりと備えてあった。商人として間違ったことはしていないと、今でもそう思っている。だがその帳簿を、見せられては困る先がある。

「後日うちの屋敷で帳簿を引き渡してもらう約束をして、その間に善助のことを調べました。そのとき『ぜんや』を知ったんですよ、お妙さん。あなたが佐野の娘だと知ったのは、もう少し後のことでしたがね」

「それで、良人をおびき出して殺したんですね」

「ええ、すみませんね。こっちだってあれが明るみに出たら身の破滅だったんで」

近江屋にとって、人を殺《あや》めたことに対する罪の意識は軽いようだ。本心から「仕方なかった」と思っているのが伝わってくる。喉元にかっと熱いものが込み上げてきて、お妙は堪えようと目をつぶった。

「帳簿さえ手に入ればなにも、殺すことはなかったじゃないか」

すぐ近くで震える声が聞こえる。お勝である。

「そうかもしれませんが、不安の芽は摘んでおきたかったんですよ」

ザッと草履の裏が鳴る音がする。目を開けてみると近江屋に飛びかかろうとしたお勝が、只次郎に取り押さえられていた。

「あの子はね、アタシにとっても弟なんだ。なんてことをしてくれたんだい！」

目を血走らせ、珍しく取り乱している。

自分はなぜこんなふうに狼藉《ろうぜき》に及ぼうとはしないのだろうと、お妙はぼんやり考えた。それはきっとこの細腕で殴りかかったところで、たいした痛手にはならないと知っているからだ。その程度では、生温い。

「教えてください。近江屋さんがそれほど恐れている相手は、どなたなんですか」

腹の底に力を込めて、さらに深く切り込んでみる。明確な答えが返ってくるとは思えなかったが、近江屋はやはりはぐらかすように笑った。

「それはあなた、言うまでもないでしょう」

「今の老中筆頭？」

違うともそうだとも言わず、曖昧《あいまい》な目が見返してくる。それはすなわち肯定と、お妙は受け取った。

ひと口に老中と言っても、今のところ六人いる。その中で筆頭といえば、松平越中守である。近江屋の背後に控えるあまりにも強大な権力に、お妙は軽い眩暈《めまい》を覚えた。

「では佐々木様を使ってお妙さんを見張らせていたのも、そのお方なんですか」

萎《しお》れたようにおとなしくなったお勝を小上がりの縁にかけさせて、只次郎が問う。

佐々木様が亡くなってから、一年越しの疑問である。

「佐々木？　ああ、前の小十人頭《こじゅうにんがしら》ですか。あれは上役に取り入るためですよ」

上役に取り入る。そんなことのために、鶯《うぐいす》の糞買《ふんが》いであった又三は死んだのか。遣りきれなさが胸を塞ぎ、息が苦しくなってくる。

「見張りはつけておきましたが、誰もあなたのことなんざ気にしちゃいなかったんですよ、お妙さん。あるときまではね」

「あるとき？」

「これですよ」

近江屋はそう言って、見世棚の向こうに並んだ置き徳利を振り仰ぐ。酒をまとめ買いして置いておくとお得になるという仕組みを考え出したのは、只次郎だ。徳利にはここにいる旦那衆の名札が下がっている。

「佐野とつき合いのあった商人たちが集うようになったとあっちゃ、見過ごしておけるわけがないでしょう」

「そんな――」

只次郎が置き徳利を見上げたまま、棒立ちになっていた。いい店があると言って、旦那衆を『ぜんや』に集めた張本人である。

「私のせい、ですか」

よかれと思ってしたことが、意表外の事態を生んでいた。つき合いのある旦那衆に『ぜんや』を紹介しなければ、少なくとも又三は死ななかったかもしれない。

そう考えて己を責めているのは分かったが、今はお妙にも只次郎を気遣ってやる余裕はなかった。しばらくは、倒れずに立っているだけで精一杯だった。

「お妙さん、もういいですか？」

一瞬にも永久にも思える沈黙の後、俵屋がおもむろに立ち上がった。無言で頷き返すと、懐から小壺を取り出し近江屋の眼前に差し出す。近江屋はそれを引《ひ》っ手繰《たく》るように奪ってから、栓を抜いて喉に流し込んだ。

そのとたん、顔をしかめて噎《む》せ返る。

「あっ、甘い！」

「でしょうね、ただの水飴《みずあめ》ですから」

信じられぬことを平然と告げる俵屋に、近江屋は目を見開く。腹を押さえたまま、魂が抜けたような声で問うた。

「しかし、蝦蛄の毒は」

そんなものが、あるはずはない。お妙は静かに首を振る。

「近江屋さんが召しあがったのは、皆さんと同じ蝦蛄です」

「代わりに仕込んだのは、朝顔の種ですよ。本草学では牽牛子《けんごし》と言います。ただの下剤ですから、しばらく厠《かわや》に籠《こも》れば治まりますよ」

それでも大量に服用すれば、重篤《じゅうとく》な症状を引き起こす毒である。俵屋の調整が絶妙だからこそ、たんなる下痢《げり》と悟らせずに腹具合を悪くすることができたのだ。

「は、下剤？　嘘でしょう」

近江屋はまだ、ぽかんと己の体を見下ろしている。だが毒ではなかったと知って、いくぶん顔色がよくなっている。思い込みとは恐ろしいものである。

「ああ、なんてこった」

やがて手足をだらりと投げ出して、天を仰いで笑いだした。まさか自分がこんな手に、引っかかるとは思わなかっただろう。「ああ、騙《だま》された、騙された」と、繰り返し呟《つぶや》いている。

「いやぁ、皆さん役者ですね。草間殿が抜刀したときは、本当に斬られると思いましたよ」

それだけは芝居ではなかったが、誰も訂正はしなかった。

「で、これから私をどうするつもりです？　御番所に突き出しますか。ですがもう、なにを聞かれても喋りませんよ。いや、喋れないのかもしれませんが」

牢屋敷に入れられた暁には、己の身が危ういと近江屋は理解している。たとえ町奉行所に頼っても、公平な裁きが下ることはない。はたしてそれでいいのかと、問いたげだった。

みしりと、階段がきしむ。みしり、みしり。それは人の足音だ。

誰しもが、二階の内所へと続く階段を見上げる。行灯の明かりの届かない暗がりから、着流しの足元が見えた。

「いやぁ、冷えた冷えた。ずっと階段の途中に座ってたもんだから、まったくこっちまで下痢になっちまう」

柳井殿である。差し迫った様子もなく、呑気に腰を撫でている。

吟味方与力の登場に胆《きも》を潰したか、近江屋は引きつけを起こしたように身を強張らせた。

「心配しなくても近江屋さん、あんたが吐いたことはちゃあんとこの耳で聞いてたよ。俺ごときにゃお上を裁くことはできねぇが、あんたのことは人殺しとして縄打てるぜ」

ほら立ちなと、足腰が抜けたらしい近江屋の衿元を摑んで引き上げる。

「気は進まねぇが、ひとまず厠につき合ってやるよ」

本当に体が冷えたようだ。柳井殿も己の腹をさすりながら、唇の端を歪めて笑った。

六

「稲荷講、万年講、お稲荷さんの御勧化《おかんげ》、御十二銅おーあげ」

軽やかな太鼓の音と共に、裏店の子らの囃《はや》し声が風に乗って聞こえてくる。いやに威勢がいいのはそうやって家々を巡り歩き、小遣いや菓子をせしめているからである。

如月《きさらぎ》七日。うららかな陽気に恵まれて、幼子の笑顔眩《まぶ》しい初午である。

「御十二銅おーあげ！」

木戸を開け放った『ぜんや』の入口でも、元気な声が張り上げられた。

「はいはい、待ってね」

開店前の仕込みに追われていたお妙は前掛けで手を拭《ぬぐ》い、用意してあった銭を小さい手に握らせてやる。せいぜい一人一文ずつだが、それでも多くの家を回れば駄菓子を買う金くらいにはなる。

「甘酒があるから、飲んで行って」

大鍋《おおなべ》にたっぷり作っておいたのを勧めると、「うわぁい！」と瑞々《みずみず》しい歓声が弾《はじ》けた。

「ホー、ホケキョ！」

しかも鶯の美声つき。五つばかりの女の子が上を見上げ、「きれい」とうっとり目を細める。

数日前から、ルリオが急に思いついたように鳴きはじめた。他の鶯となにがどう違うのか細かいことは分からないが、当代一と称されるだけあって、心に余韻を残す声である。はじめて聞いたときはお妙もその妙なる調べに酔いしれて、うっかり熱い土鍋を触ってしまった。

評判のその声をちらりとでも聴いてみたいと、このところ一見《いちげん》の客が増えている。お蔭《かげ》で毎日忙しく、あまり余計なことを考えずに済んでいた。商売繁盛の神といえば稲荷だが、鶯もなかなか負けてはいない。

その一方で雛《ひな》たちはまだまともに鳴かず、偉大なる父の歌声を聞くばかり。後継問題に悩む只次郎は、見るからにげっそりしている。

もっとも只次郎の悩みはそれだけでなく、偶然とはいえ旦那衆を『ぜんや』に集めてしまったことで今も己を責めている。

亡き父と縁のある彼らとの出会いは、お妙にとっては宝物のようなもの。気にしないでほしいのだが、「お妙さんを危ない目に遭わせてしまった」と何度でも謝ってくる。いい加減鬱陶しいので「これ以上言ったらご飯抜きです」と宣言すると、少なくとも言葉にはしなくなった。

許されたくない重蔵と、許されたい只次郎。どちらも難儀な男たちである。

「お妙ちゃん、お供え物はできたかい」

甘酒を飲み干し次の家へと向かう子らを見送っていると、勝手口を開けておえんがどすどすと踏み込んできた。足音は相変わらず重々しいが、年明けから歩くことを心掛けているせいか、首元がややすっきりしている。

「はい、今持って行こうかと」

江戸中どこにでもある稲荷社は、ささやかながらこの裏店にもある。表店の住人からも大事にされて、昨日は皆で掃除や飾りつけをした。子ができないと悩むおえんに初午の賑わいは辛いのではないか。そう危ぶんだものの、しょせんはただの祭り好き。稲荷社の周りを走り回る子供たちと一緒になって笑っているのを見て、ほっとした。

土筆《つくし》と焼き豆腐の卵とじ、烏賊《いか》と里芋の煮つけ、片栗《かたくり》の花と小松菜の芥子和《からしあ》え、蒟蒻の赤味噌田楽。魚に祭とも書く鮗《このしろ》は、初午には欠かせない。「子の代」の語呂合わせである。今日は酢で締めた鮗で、芥子菜を巻いてみた。

そして稲荷といえばなんといっても油揚げ。中に餅《もち》を入れ、甘辛く炊いた。赤飯には、梅の花を一、二輪添えるのが習わしである。

「うちのお稲荷さんってさ、お妙ちゃんのせいでたぶん舌が肥えちまってるよね」

折敷《おしき》に並ぶ料理に目を落とし、おえんが生唾《なまつば》を飲み込んだ。


勝手口から外に出てみると、只次郎と重蔵が裏店の子供たちに捕まっていた。仕事にも出ず一日中『ぜんや』か裏店にいるので、いつの間にか懐かれている。身丈のある重蔵は肩車をせがまれて、只次郎はなんと棒切れで地面に字を書き、読み書きを教えているではないか。

初午は、子供が寺子屋に通いはじめる日でもある。七つか八つになれば親に伴われてお師匠さんに挨拶《あいさつ》に行くのだが、下の子たちはそれが羨《うらや》ましく、この裏店でもっとも学のある只次郎に教えを請うたのだろう。

「はい、じゃあみんなの好きなものを書いていこう。なにが好きか教えてくれるかな」

只次郎が水を向けると、「犬」「おっ母《か》さん」「大福」「虫」と銘々勝手に声が上がる。なぜかおえんまでが、「羽二重餅《はぶたえもち》!」とその輪に加わった。教えるのがうまいらしく、絶え間ない笑い声が響いている。

どこからともなく、香ってくるのは沈丁花《じんちょうげ》。日差しが気持ちよく、家の中にいるより暖かいくらいだ。『稲荷大明神』と染め抜かれた真新しい幟《のぼり》の赤が、目に眩しい。

鳥居の横にはいつの間に仕立てたのか、「嘘から玉手箱」の地口行灯が立てられている。描き添えられた鳥羽絵は玉手箱を開けて老人になった男が舌を出しているもので、これをどう絵にしようかと職人が悩んだ跡が窺えた。

それでも只次郎は、この地口が気に入っているのだろう。三河屋も自分で地口行灯を仕立て、本当に妻恋稲荷に奉納したらしい。自分で考えた地口は、特別に可愛いようである。

稲荷社にお供えをあげ、まだ灯の入らぬ行灯の前に佇んでいたら、ようやく肩車から解放された重蔵が近づいてきた。

「すまぬ、ろくに手伝いをしていない」

「平気ですよ。子供のお祭りですから、たっぷり遊んであげてください」

とはいえ子供の無尽蔵《むじんぞう》な体力に、さしもの重蔵も息切れがしているようだ。「少し休憩だ」と言って、只次郎の地口行灯を見て目元を緩める。

「お妙さんは、本当にあれでよかったのか？」

重蔵の言葉足らずな問いかけが、なにを示しているのかはすぐに分かった。この地口が作られた、十日ほど前のこと。お妙が決めた近江屋の処遇について言っているのだ。

「ええ。柳井様がいるかぎり、仕置きをしようと思えばいつだってできますし」

かつての同輩を殺めた近江屋は、裁きにかかればおそらく死罪は免れない。奪った命は己の命で贖《あがな》う。道理に適《かな》っているようだが、はたしてそれでいいのだろうかとお妙は疑問を抱いた。

死んでしまったら、近江屋はもう変われない。善助を殺めたことをさほど悪いとも思わぬままに、自分も仏になってしまう。悩み、苦しみ、悲しむことは、生きていなければできないのだ。

簡単に死ぬことなど許さない。近江屋には、命の重さを知ってもらいたい。

御番所に突き出さぬ代わり、お妙は近江屋に二つの条件を出した。

「まずは近江屋さんすら恐れるその方に、私たちがなにも悪いことはしていないとお伝えください。美味しいものを食べて笑っているだけの集まりですから、ご心配なく」

あらぬ疑いをかけられて、見張られ続けるのはもうたくさんだった。そのせいで人死にまで出ているのだ。ちっぽけな自分になにができるわけでもないのだから、そっとしておいてほしい。

その願いは近江屋にも理解できたようで、「分かった」とすぐに受け入れられた。だがもう一つの条件には、解せぬとばかりに首を傾げた。

「そして近江屋さんには月に一度、私の料理を食べていただきます」

それだけでいいのかと、はっきりと顔に書いてあった。只次郎からも、「それじゃあご褒美じゃありませんか」と声が上がったほどだ。

男たちには分からないのだろうか。人の作ったものを食べるというのは、その相手への信頼のしるしだ。信の置けぬ者が作った料理など、恐ろしくて食べられたものではない。

「気をつけてくださいね。あなたは良人の仇《かたき》です。その料理に、毒が仕込まれていないとはかぎりませんよ」

命を奪うほど強い毒でなくとも、此度《このたび》の牽牛子のように体の調子を狂わせるものはいくらでもある。たとえば味つけに欠かせぬ塩すらも、多く入れれば病気になる。毎日口にするもので、人の体はできているのだから。

「お妙さんは本当に、毒を仕込むつもりなのか」

稲荷に供えられた料理に目を遣り、重蔵が心配げに問うてきた。お妙は即座に首を振る。

「まさか。しませんよ、そんなこと」

それでも近江屋はこれから毎月、得体の知れぬものを食べさせられるやもという恐怖と戦わねばならない。体調が悪くなればあのときの料理のせいかと訝《いぶか》しみ、疑心にとらわれてゆくだろう。食べるというのは、それほど重要な行為なのだ。

「そうか。ならば安心した」

御十二銅おーあげ。子供たちの無邪気な声に、ふいに涙が出そうになった。

小さな手に、小遣いを握らせてくれた善助の温もりを思う。優しかったあの日々から、ずいぶん遠くに来てしまった。

初午は子供の祭り。誰もがみんな子供だったのに、そのことをいつから忘れてしまうのだろう。

視界が滲み、地口行灯に描かれた瓶垂《かめだ》れ霞《がすみ》の色もぼやける。ここまで響いてくるルリオの声まで、二重になって聞こえた気がした。

「口入り」「歩く魚」「鬼打ち豆」「表と裏」は、ランティエ二〇一八年十一月〜一九年二月号に掲載された作品に、修正を加えたものです。

「初午」は書き下ろしです。

時代小説文庫
さ 19-8

あったかけんちん汁《じる》 居酒屋《いざかや》ぜんや

著者 坂井希久子《さかいきくこ》

2019年2月18日第一刷発行

発行者 角川春樹

発行所 株式会社 角川春樹事務所
〒102-0074 東京都千代田区九段南2-1-30 イタリア文化会館

電話 03(3263)5247[編集] 03(3263)5881[営業]

印刷・製本 中央精版印刷株式会社

フォーマット・デザイン＆シンボルマーク 芦澤泰偉

ISBN978-4-7584-4230-5 C0193

http://www.kadokawaharuki.co.jp/[営業]
fanmail@kadokawaharuki.co.jp[編集] ご意見・ご感想をお寄せください。

坂井希久子の本

ヒーローインタビュー

仁藤全《あきら》。高校で42本塁打を放ち、阪神タイガースに八位指名で入団。強打者として期待されたものの伸び悩み、十年間で171試合に出場、通算打率2割6分7厘の8本塁打に終わる。もとより、ヒーローインタビューを受けたことはない。しかし、ある者たちにとって、彼はまぎれもなく英雄《ヒーロー》だった――。「さわや書店年間おすすめ本ランキング2013」文藝部門1位に選ばれるなど、書店員の絶大な支持を得た感動の人間ドラマ、待望の文庫化！

（解説・大矢博子）